# 귀래일기

박현식 장편소설
# 귀래일기

코벤트

| 차례 |

보존 9
학교 12
아들이 아니라서 17
날아간 꿈 21
새어머니 24
한국전쟁 27
보국대 32
전소된 집 39
전쟁의 후유증 44
기울어지는 가세 48
결혼 51
엄마가 되었다 54
또 아들 타령 57
할머니 돌아가시다 59
일기장 63
새마을 운동 66
가게 운영 70
웅변대회 참가 74
듬직한 아들 81
사기 84
친구의 한마디 90
큰딸 졸업식 94
아버지의 운명 97
아들의 입대 100
큰딸 결혼 102
옛 친구 105
손주 보다 108
아들들의 제대와 입대 111
88올림픽 113
둘째 딸 전시회 116
대통령의 유배 121
첫 번째 부부 여행 124
편지가족 128
어머니 운명 132

| | |
|---|---|
| 작은딸의 해산 136 | 원주의 최영숙이 되다 175 |
| 시어머니의 회한 138 | 어버이 날 179 |
| 기차여행 142 | 일기쓰기 182 |
| 삼풍백화점 붕괴 146 | 손주는 희망 186 |
| 국가적 재난 149 | 남편에게 편지 190 |
| 작은 며느리 152 | 친정아버지 194 |
| 시어머니의 운명 157 | 행복 197 |
| 시끄러운 마음 162 | 청년 최영숙 200 |
| 가정에 평화 166 | 기록의 가치 204 |
| 신문에 나오다 170 | 작가의 말 206 |
| 티브이 출연 172 | |

# 귀래일기

# 보존

그 어느 여름보다도 뜨거웠다. 나무 그늘로 매미 떼가 몰려와 더위를 견디느라 기염을 토해내고 있었다. 태양의 열기에 나뭇잎이 축 늘어져 헐떡거리는 여름이었다. 박현식 박사도 더위에 지쳐있었다. 하지만 할 일이 태산이었다. 언제나 그랬던 것처럼 발걸음을 늦출 수 없었다. 그는 바쁜 걸음으로 건물을 나서고 있었다. 이마에 흘러내리는 땀을 연신 닦아내며 회의 도중에 받을 수 없었던 부재중 수신기록을 확인했다. 여러 통이나 되었다. 그중에서 국가기록원에서 걸려온 전화가 큰 현수막의 문구처럼 보였다. 무척 기다리던 전화였다. 반갑고 마음이 급했다. 발신 버튼을 누르려던 참이었다.

"박사님! 이거 가져가셔야죠."

박현식 박사가 뒤를 돌아보았다. 백년독서대학 학생인 김긍수의 손에 자신의 노트가 들려 있었다.

"아! 감사합니다."

"감사는, 제가 더 많이 해야죠."

"그러신가요? 아, 마침 전화하려던 참이었습니다. 아마 국가기록원에서 좋은 소식이 있을 것 같습니다."

"정말인가요? 그럼 집에 가서 아내에게도 알려줘야겠군요."

국가기록원이라는 말에 김긍수가 금세 알아듣고 좋아했다.

"네. 꼭 좀 전해주세요."

백년독서대학은 원주시 귀래면에 있다. 머리카락이 희끗희끗한 중장년들이 모여 책을 읽는 모임이다. 박현식 박사는 그 모임의 교사 역할을 하고 있었다.

박현식 박사는 김긍수와 헤어지자마자 휴대폰부터 꺼내 들었다. 국가기록원장이 기다렸다는 듯이 받았다.

"일기, 읽어봤습니다. 말씀하신 대로였습니다. 귀래지역의 날씨, 물가정보, 농촌의 생활상 모두 역사적으로 기록되고 보존될 만한 가치가 있더군요. 이런 귀중한 자료를 발굴해 주셔서 감사합니다."

"아뇨. 별말씀을요. 할머니께서 열다섯 살 때부터 지금까지 하루도 거르지 않고 꾸준히 쓰신 일기입니다. 잘 보관해주세요."

"예. 그럼 다시 연락드리죠."

열다섯 살 때부터 하루도 거르지 않고 쓴 일기였다. 일기를 쓴 주인공이 김긍수의 아내 최영숙이다.

박현식 박사는 우연한 기회로 일기에 대해 알게 되었다. 얼핏 생각하기에는 그렇고 그런 일기에 불과했다. 하지만 일기의 내용을 살필수록 기록의 가치가 대단했다. 마치 중요한 역사를 대하는 것 같았다. 그렇다면 대한민국의 역사적 기록에 추가해야 할 것이 아닌가. 역사라는 건, 지금의 우리가 있게 해 준 이야기, 수많은 노력과 삶의 기록이다. 박현식 박사는 그녀와 그녀 삶의 이야기, 그녀를 관통해 온 사람들의 얘기를 국가기록원에 보존해야 한다고 생각했다. 그런 생각으로 국가기록원 보존을 서둘러 추진했다. 그 결과 그녀의 긴 이야기를 실제 국가기록원에 보존하게 된 것이다.

　박현식 박사는 찌는듯한 더위 속에서도 발걸음이 시원했다. 걸음을 내디딜 때마다 상쾌한 바람이 볼을 스치는 듯했다.

　'이제야 할머니의 일기가 기록원에 보존되는군. 오래 씨름한 보람이 있었어.'

　박현식 박사가 중요한 과제를 끝낸 사람처럼 가뿐히 걸었다.

　하지만 최영숙의 일기에는 그보다 더 중요한 얘기가 있다. 그 얘기에 평범한 사람들의 생생한 역사가 있고 교훈이 있다. 또 숭고한 정신과 의미도 깃들어 있다. 그렇기에 그 삶의 얘기를 수십 년이 지난 지금의 시각으로 바라봐 주기를 기대해 본다.

　이것은 최영숙, 그녀의 일기와 그녀의 이야기다.

# 학교

 여기, 작은 영숙 영숙이 웅크려 앉아 있다. 영숙은 연필을 서투르게 깎아 쥐고 해질 대로 해진 책장을 내려다보았다. 서늘한 바람이 영숙의 방문을 살며시 두드리고 있었다. 영숙은 곁에서 잠든 가족들을 방해하지 않으려 바람으로 흔들리는 호롱불에 의지하여 조심스럽게 책장을 넘기고 있었다. 태산처럼 무거운 눈꺼풀을 들어 올려 죽을힘을 다해 졸음을 쫓아내고 있었다. 이번엔 반드시 일등 할 테야…… 얼마 전 아버지에게 반에서 4등 성적표를 보여주며 꾸중을 들었기 때문이었다. 이왕이면 1등을 해야지, 4등이 뭐냐! 여전히 영숙의 귓가에 아버지의 꾸중이 여전히 맴돌고 있다. 바람이 문풍지 틈으로 새어 들어오고 있었다. 영숙은 몸이 움츠러들었다. 하지만 마음만은 다잡고 있었다. 반드시 1등을 하고 말겠어. 아버지를 기쁘게 해 드려야겠어. 그리고 영숙의 호롱불은 오래도록 꺼지지 않았다.
 "학교 다녀오겠습니다." 영숙은 고사리 같은 손으로 힘겹게 옷을 여미며 꾸벅 인사를 했다. 영숙의 가정은 증조할머니, 할아버지와 할머니까지 4대가 함께 사는 대가족이었다. 어른들이 많은 집이었다. 예의를 중시했다. 반드시 매일 아침 학교로 출발하기에 앞서 증조할머니에게 인사부터 해야 했다. 그것은 영숙의 일과 시작이었다. "그래. 날도 추운데 잘 다녀오거라." 증조할머니의 대답에 옆에 앉아 있던 할아버지, 할머니가 미소로 대답했다. 그제야 영숙은 고모와 함께 대문을 열고 나왔다. 영숙은 영숙보다 한 살 많은 고모의 손을 꼭 잡았다. 손이 시렸다. 다른 손은 보자기 안으로 밀어 넣었다. "가자." 영숙은 고모의 말에 고개를 푹 숙이고 천천히 발을 내밀었다. 둔덕 위로 내린 지 얼마 되지 않은 눈이 소복이 쌓여 있었다. 발자국을 하얀 눈길 위에 새길 때마다 신발 밑창으로 싸늘한 냉기가 파고들었다. 발가락을 움츠리고 옷을 더욱 단단히 여몄다. 그래도 작은 영숙의 몸 안으로 차가운 겨울바람이 밀려 들어왔다.

학교까지 가는 길은 너무나 멀었다. 원래도 발바닥이 아프도록 걸어야 하는 거리였지만 날카로운 겨울바람 때문에 더 멀게 느껴졌다. 걸어도 걸어도 학교는 아득히 멀었다. 하지만 영숙은 이를 악물고 걸었다. 이번 시험을 위해 공부한 시간이 눈앞을 스쳐 지나갔다. 아버지를 기쁘게 해 드려야 해. 겨울바람을 막아 보려 고모와 잡았던 손을 일찌감치 책보 보자기 안으로 밀어 넣고 있었다. 그러나 별 소용이 없었다. 손등을 후려치는 바람이 여전히 매서울 뿐이었다.

손이 제대로 쥐어지지 않았다. 바람이 부딪힐 때마다 비명이 저절로 새 나왔다. "흑… 흑……" 참기 힘든 아픔이 밀려들어 눈물을 참으려 애를 썼다. 하지만 허사였다. 어느 틈에 영숙의 볼에 눈물이 떨어지고 있었다. 그래도 학교는 보이지 않았다. 영숙은 학교에서 멀리 떨어져 사는 것이 안타깝고 서러웠다. "조금만 참자. 학교 가야지.

학교 가면 따뜻한 난로가 있으니 훨씬 좋을 거야." 고모의 위로에도 영숙은 눈물이 멈추지 않았다. 바람이 귓불을 베어내는 것 같았다. 야속했다. 조금만 참자, 조금만 참자… 얼마간 걸었을까. 얼어붙은 영숙의 귓가에 낭랑한 목소리가 들렸다.

"어머, 애! 꽁꽁 얼었네. 이리 와. 나한테 업히렴."

영숙은 바람에 감겨 진 눈꺼풀을 힘겹게 올렸다. 육학년인 조기암 언니였다. 영숙은 체면 불고했다. 얼른 감사하다 말하고 등에 업혔다. 언니의 등은 작았다. 그래도 그 작은 등은 포근했다. 차가운 바람이 영숙의 팔등을 휩쓸고 지나가지만 조금 전 같지는 않았다. 언니의 체온에 얼었던 몸통이 천천히 녹아내리는 느낌이었다. 영숙의 눈꺼풀이 다시 무거워지기 시작했다. 아직 안 돼. 오늘은 중요한 시험이 있잖아. 참아야 해. 참고 학교에 가야…… 그러나 영숙의 작은 눈꺼풀 위에 잠이 내려앉고 말았다.

"애! 이제 일어나렴. 학교 다 왔어." 기암언니의 낭랑한 목소리에 영숙은 화들짝 놀라며 잠이 깼다. 언니의 등을 서둘러 내렸다. 책보를 겨우 추슬러 교실로 들어서자 장작불 타는 소리가 교실에 퍼지며 난로의 불꽃이 이글거리고 있었다. 영숙은 좁은 교실에 다닥다닥 줄을 맞춰놓은 책상을 훑으며 자신의 자리를 찾아 앉았다. 책보를 자리에 내려놓고 종종걸음으로 난롯가로 다가갔다. 감각이 사라진 꽁꽁 언 두 손으로 난롯불을 쬐었다. 재빨리 곱은 손을 녹이고 싶었다. 두 손을 난로 위에 닿다시피 하여 뒤집고 이리저리 흔들었다. 손등과 손바닥을 비벼대며 친구들의 상태를 살폈다. 오늘 시험이 있는 날이었다. 모두 시험공부를 열심히 해온 것 같았다. 영숙은 아버지를 기쁘게 하고 싶었다. 그러자 긴장이 되며 걱정이 많아졌다.

수업이 시작되는 종소리가 울렸다. 영숙은 자리에 앉았다. 짧은 단발머리를 귀 뒤로 쓸어 넘기고 연필을 비장한 마음으로 꺼내 들었다. 담임선생이 들어왔다. 그렇지않아도 무뚝뚝한 표정이었다. 표정이 굳은 선생의 손에 시험지가 든 갈색 종이봉투가 들려 있었다. 그래. 이번엔 반드시 일등을…… 자리가 정돈되고 시험지가 차례로 배부되었다. 영숙은 두 손을 꽉 쥐었다 펴기를 반복했다. 산수시험이었다. 연필을 쥔 손에 힘을 주어 성명란에 '최영숙' 이라고 썼다.

하늘에서 눈송이 하나가 춤을 추며 내려오고 있었다. 뒤이어 눈송이들이 연달아 허공을 맴돌며 사뿐히 내려앉고 있었다. 세상이 온통 눈에 뒤덮이고 있었다. 그래도 교실 안에서는 여념이 없었다. 정답을 찾아 적느라 비장한 정적만 가득했다. 일등을 목표로 시험지 앞에 앉은, 어린 시절의 영숙도 비장한 마음으로 정답을 찾아가고 있었다.

"다녀왔습니다!" 어린 영숙이 얼어붙은 현관문을 힘껏 열어젖히며 뛰어 들어왔다. 집안 어른들에게 인사를 건넨 다음 방에서 나오는 아버지 뒤를 종종걸음으로 따랐다. 아버지를 기쁘게 하고 싶었다. 마음이 급해 방으로 들어가는 아버지의 등에 대고 얘기했다.

"아버지, 보여드릴 게 있어요!"

"뭐냐?"

영숙의 들뜬 음성에 영숙 아버지가 재빠르게 뒤를 돌아봤다.

"아버지. 여기, 성적표. 저, 이번 시험, 일등 했어요!"

영숙은 찬바람에 콧물을 흘렸다. 여전히 코를 훌쩍이며 환하게 웃어젖히며 하는 말이었다. 아버지가 성적표를 받아 들고 혼잣말처럼 얘기했다.

"국어 수, 수학 수, ……"

전 과목이 '수'였다. 자신의 큰딸이 학교에서 가장 성적이 우수하다는 것이다.

"그렇구나! 기특한 녀석. 그래, 내가 저번에 했던 말을 잊지 않고 있었구나. 잘했다. 이제 도장을 찍어 줘야겠네."

아버지는 매우 좋아하며 영숙을 방안으로 데리고 들어갔다. 낮은 책상 서랍을 열고 손때가 묻어있는 도장을 꺼냈다. 영숙은 마음이 급해 아버지의 뒷모습을 살피며 발을 동동거렸다. 아버지는 칭찬하는 의미로 성적표에 도장을 찍었다. 이를테면 영숙의 성적을 칭찬하고 있었다. 영숙은 아버지를 기쁘게 해 주었다는 마음이 들었다. 그리고 아버지로부터 인정받은 것이 좋았다. 기분이 날아갈 것처럼 좋았다.

"감사합니다. 아버지!"

영숙이 인사하며 아버지의 표정을 살피다가 순식간에 미소를 잃고 말았다. "그래."라고 얘기하는 아버지의 표정이 밝지 않았다. 아버지의 얼굴에 서린 아쉬움과 안타까움이 어린 영숙의 눈에도 보였기 때문이다. 영숙은 후다닥 자리를 피하려고 삐걱대는 문고리를 재빨리 잡아당기자 쾅 소리를 내며 문이 열렸다. 영숙은 방안에 우두커니 앉은 아버지가 마음에 걸렸다. 그런 아버지를 두고 천천히 마루를 걸어가며 생각했다. '그래도 일 등을 했으니 됐어.' 스스로 위로해 봤지만 편하지는 않았다. 영숙은 겨울의 한기가 그대로 스며들고 있는 마루를 종종걸음으로 걸어 얼른 자신의 방으로 들어갔다. 그리고 "남의 집 줄 딸이 저렇게 총명하니, 원……"이라 말하는 아버지의 푸념을 듣지 못하고 따뜻한 이불속에 몸을 맡겼다.

# 아들이 아니라서

찬바람이 물러가는 계절이었다. 겨울의 한기가 가시며 둔덕마다 여린 잎들이 돋아났다. 눈이 시린 하얀 세상이 눈이 아프도록 푸르게 변해갔다. 영숙은 봄이 좋았다. 학교 가기에는 먼 길이었지만 그래도 봄이면 겨울보다는 훨씬 나았다. 고모 손을 잡고 열심히 걷다가도 둔덕에 피어오르는 풀잎들과 들꽃들을 보면 마음이 설레었다. 어떤 때는 고모와 함께 나란히 앉아 꽃들을 하나씩 가리키며 이름을 외워 보기도 했다. 이건 제비꽃, 이건 민들레…… 매미가 목이 찢어지게 울어대는 여름도 좋았다. 학교에서 돌아오는 길이면 학교 앞에 흐르는 남한강에 친구들과 둘러앉아 물놀이도 하고 다슬기도 잡았다. 나무를 엮은 뗏목 배가 지나갈 때면 친구들과 함께 멀리서 물살을 가르며 고요하게 지나는 항해 모습에 흠뻑 빠지기도 했다. 가을은 가을대로 좋았다. 푸른 나뭇잎들이 옷을 갈아입기 시작하면 영숙과 친구들은 함께 배고픔을 달래러 옥수수밭으로 들어갔다. 허기를 채우러 영숙은 옥수수를 따고 남은 빈 대공의 껍데기를 깠다. 비록 옥수수 알갱이는 아니었으나 껍데기를 잘근잘근 씹을 때 입안에 고이는 옥수숫대 즙물은 달고 맛있었다. 어떤 날에는 무를 심었던 빈 밭에 들어가 무 자투리를 베어먹기도 했다.

하지만 언제나 즐거운 것만은 아니었다. 영숙의 마음 한구석에 무거운 돌이 내려앉아 있었다. 떠올리면 영숙을 갑갑하게 만드는 것이 있었다. 학급에서 일등을 했음에도 마냥 기뻐하지만 않던 아버지의 표정은 2학년이 되어서도, 3학년이 되어서도 잊히지 않았다.

영숙은 선생님들이 보기에도 영특한 학생이었다. 품행도 방정하고 시험을 보면 당연하다는 듯 일등을 차지하는 영숙이었다. 선생들 모두는 칠판을 또렷한 눈으로 바라보는 영숙을 금세 예뻐하기 일쑤였다. 심지어 교장은 영숙을 천재라 부르기까지 했다. 그런 까닭으로 고학년생들, 특히 여학생의 시기가 들끓었다. 그러함에도 불구하고 아버지의 표정은 밝지 않았다. 아버지는 일등 성적표를 받은 영숙의 뒤통수에 항상 푸념처럼 얘기했다.

"저것이 아들이면 가문의 기둥일 텐데…… 남 줄 자식이 왜 이리 영특한지."

어린 영숙은 남 줄 자식이라는 아버지의 얘기에 속이 상했다. 왜 나를 남 줄 자식이라 하시는 걸까. 또 이웃집에서 반주 한 날에는 아들이 있는 이웃집을 부러워하며 탄식했다. 영숙은 스스로 자신을 원망스러웠다. 아들로 태어나지 않은 것이 못내 아쉬웠다.

산과 들판이 차례차례 옷을 바꿔 입고 있었다. 영숙의 마음은 초조해졌다. 고학년이 될수록 갑갑해지는 마음을 점점 주체하기 힘들었다. 대부분의 시골 살림의 형편은 좋지 않았다. 영숙네 사정도 마찬가지였다. 다른 친구들에 사정에 비하면 부유한 편에 속하기는 했다. 하지만 가족이 많아 늘 쪼들리는 살림이었다. 그래도 영숙은 중학교 진학의 꿈을 놓지 않았다.
 "애야! 너는 그렇게나 중학교에 가고 싶으냐?"
 영숙아버지는 입술이 댓 발이나 나온 영숙을 앉혀놓고 얘기했다. 학교에서 천재, 수재 소리를 들으며 모두에게 인정받고 있는 영숙은 중학교 진학을 간절히 원했다. 어떻게든 진학학 싶은 마음에 영숙은 아버지를 조르기도 하고 어떤 때는 밥을 굶어가며 단식으로 떼를 썼다. 그런 영숙을 보다 못해 아버지가 결국 영숙과 마주 앉아 꺼내는 말이었다.
 "아버지는 지금 너를 중학교에 보낼 형편이 못 되려니와 네가 아들이라면 내가 무슨 짓을 하든지 가르치겠지만 여자인 너를 가르쳐봤자 무슨 소용이 있겠니?"
 또. 또 아버지는 내가 아들이 아니라 딸이라서 진학이 어렵다고 말하는 것으로 판단했다. 영숙은 섭섭했다. 그렇지만 아버지의 말이 이어져 들어보기로 했다.
 "그럼, 이 아버지하고 약속을 하나 하자."
 "무슨 약속이요?"
 잠시 고민을 하던 아버지가 말을 이었다.
 "너, 지금까지 남동생이 없지? 그래서 말인데…… 이번에 엄마가 임신해서 네가 졸업 전에 남동생을 본다면 너를 중학교에 보내주마. 하지만 만약 딸이라면 보내 줄 수가 없단다."
 영숙은 그 어떤 것보다 중학교 진학이 간절했다.
 "네."
 아버지 방을 나온 영숙의 마음은 불안에 휩싸였다. 어머니가 과연 남동생을 낳을까. 염려가 생겨나기 시작했다. 그러나 영숙 자신이 할 수 있는 것은 아무것도 없다고 생각했다. 영숙은 하는 수 없이 어머니가 남동생을 낳기를 기도하며 학교생활을 하기로 마음먹었다. 영숙은 학교에서 변함없는 모범생이었고 가정에서는 어머니의 일과를 돕는 살림꾼이었다.
 영숙이 중학교에 대한 부푼 꿈을 안고 있는 사이 어머니의 배는 점점 불러 갔다.

## 날아간 꿈

"선생님! 오늘은 일찍 보내주세요."
"왜 그러냐? 이제 한 시간 남았는데."
"급한 일이 있단 말이에요, 오늘만 일찍 보내주세요."
"알았다." 선생님은 어쩔 수 없다는 듯 얕은 한숨을 쉬었다. 영숙은 조그마한 손으로 가방을 챙기기 시작했다. 서두르느라 교문을 빠져 뛰어나오다 넘어질 뻔도 했다. 학교에서 집으로 가는 길은 멀었다. 하지만, 영숙은 지치지 않았다. 뛰고 또 뛰었다. 오늘이다. 엄마가 동생을 낳는 날. 그동안 마음속으로 열심히 기도했으니 남동생을 낳을 것만 같았다. 영숙은 가쁜 숨을 몰아 쉬어가며 쏜살같이 달렸다. 길가의 밭들, 둔덕, 작은 풀잎들 하나하나가 표정 없이 획획 지나갔다. 하지만 마음이 급해 숨이 가쁘지도 않았다.

영숙은 집이 가까워지자 달리기를 멈췄다. 조급한 마음으로 대문을 향해 다가갔다. 대문에는, 금줄이, 금줄에는 고추가 달려 있었다. 영숙은 풀썩 주저앉았다. 어머니는 여동생을 낳은 것이다.

영숙은 방에 혼자 앉아 멍하니 빛이 바랜 벽지를 쳐다보고 있었다.

엄마가 여동생을 낳던 날 온종일 방안에 틀어박혀 있었다. 영숙은 여동생을 낳은 어머니가 원망스러웠다. 좁은 방 안에서 숨죽여 세상을 다 잃기라도 한 것처럼 울고 또 울었다.

"애야, 나와라, 미역국 끓여놨어. 맛있게 끓였으니 얼른 밥 먹어야지."

굵은 눈물이 영숙의 볼에 뚝뚝 떨어져 내렸다. 얼굴이 파묻혀있는 양 무릎 사이를 좁혀가며 어머니에게 떼를 썼다. 어머니가 원망스러웠다. 어머니의 힘 빠진 목소리가 들려왔다. 그래도 불만은 수그러들지 않았다. 할머니가 영숙의 마음을 이해하며 달랬다. 하지만 소용없었다. 도무지 마음이 풀어지지 않았다. 집안일을 내팽개치고 옴짝달싹하지 않았다. 따져보니 사흘씩이나 그러고 있었다. 이를테면 사흘 동안 엄마와 동생의 얼굴을 외면하고 있었다. 방안에서 어머니의 지친 음성이 들리는 듯 마는 듯했다. 귀를 기울였다. 갓 난 동생이 칭얼대는 소리가 들려왔다. 영숙은 어머니 몰래 방안을 들여다보고 싶었다. 방문을 조심스럽게 열었다. 아뿔싸 '삐걱' 소리가 마치 천둥소리만큼이나 컸다. 마음이 앞서서 손놀림이 서둘러졌기 때문이다. 어머니와 마주할 생각에 가슴이 쿵 내려앉았다. 영숙은 멋쩍은 감정이라는 게 무엇인지는 몰랐다. 그러나 왠지 엄마 보기에 쑥스럽고 미안했다.

좁다랗게 열려있는 안방 문 옆에 기대섰다. 방 안에서는 왜소하고 작은 영숙의 모습이 쉽게 보이지 않았다. 영숙은 빼꼼히 열린 문틈으로 어머니 품에 안겨있는 동생을 바라보았다. 아직 강보에 싸인 자그마한 여동생은 강아지 모습처럼 깜찍했다. 가끔 보채는 소리를 내고 있었지만 상기된 볼이 편안해 보였다. 영숙의 마음은 점점 달아올랐다. 점차 차가워지는 날씨에도 불구하고 몸통에서 열기가 생겼다. 차갑게 느껴 지지가 않았다. 동생은 귀여웠다. 천사 같은 얼굴로 꿈꾸듯 잠들어 있는 동생을 바라보자 서운했던 마음이 조금씩 풀어지고 있었다. 그러나 어머니의 표정을 그러지 않았다. 자신이 낳은 예쁜 딸을 안았음에도 그늘져 있었다.

영숙의 답답한 마음이 꿈틀거렸다. 학기가 끝나가고 있었다. 추운 날씨였지만 새로운 봄이 올 것만 같았다. 막연한 희망도 생겼다. 아무튼, 졸업식을 떠올리면 우울해지는 기분이 조금씩 걷히고 있었다.

영숙에게는 더 진학할 학교는 없었다. 마음을 일찌감치 접었다. 중학교에 진학하기 위해 집을 떠나려는 생각도 했다. 하지만 불효를 저지르는 것 같았다. 결국, 진학을 포기할 수밖에 없었다. 이를테면 중학교에 진학할 친구들을 부러운 눈으로 쳐다보는 수밖에는 없었다. 그런 생각이 들 때마다 열등감이 생겼다. 자존심이 상했다. 어깨가 축 처지며 저절로 고개가 수그러졌다. 괜히 애먼 손톱을 문질러대며 마음을 다잡았다. 그래도 졸업식에는 가야 한다. 나의 학업의 마지막이니까. 꼭 그래야 한다며 스스로 달랬다.

## 새어머니

 봄꽃이 여물어 가고 있었다. 영숙은 둔덕에 앉아 턱을 괴고 먼 곳을 바라봤다. 마음 한구석이 구멍이 생긴 듯이 허전했다. 아무리 가슴을 추슬러도 매워지지 않았다.
 영숙에게는 막내만 동생으로 남았다. 그간 태어났던 동생들은 모두 하늘나라로 떠났다. 게다가, 아버지가 그토록 바라던 아들은 없었다. 결국, 아버지는 새어머니를 들이기로 작정했다. 오늘이 그날이었다. 서울에서 피난살이 하던 사람이 새어머니가 되는 날이었다. 열한 살의 예쁜 딸이 있다는 말을 들었다. 동생이 한 명 더 생기는 것이다.
 영숙은 고개가 갸웃해졌다. 괜스레 심통이 났다. 홀씨가 하얀 구름처럼 생기는 민들레를 꺾어놓고 '호' 소리를 내며 입술을 오므려 날려 보냈다. 좋아해야 하는 걸까 아니면 슬퍼해야 하는 걸까. 어머니를 제외한 가족들은 모두는 기뻐했다. 동생을 껴안은 어머니는 한쪽 구석에 앉아 말없이 눈물만 흘렸다. 어머니가 처지가 안타까웠다. 어머니의 아픔이 가슴에 와닿는 것만 같았다. 그렇기에 영숙도 덩달아 마음이 어수선해졌다. 마음 둘 곳이 마땅치 않아 무작정 집을 나와 둔덕에 온 것이다.

대문 쪽에서 웅성거리는 소리가 들려왔다. 영숙은 치맛자락을 탁탁 털고 발걸음을 재촉했다. 대문 가까이에 다다르자 웅성거리는 소리가 들뜬 대화로 들려왔다. 잠시 문을 열고 제자리에 서 있었다. 서울에서 왔다는 새어머니가, 어른들과 함께 있었다. 새어머니의 곁에는 키 작은 여자아이가 있었다. 영숙은 예쁜 자그마한 아이를 바라보며 아버지로부터 전해 들었던 새 여동생으로 느껴졌다. 어머니는 그 자리에 없었다. 새어머니는 하얀 피부에 예쁜 얼굴이었다. 멋쟁이이기도 했다. 하지만 왠지 어머니의 모습이 떠오르며 개운하지가 않았다.

'저런 분이 나의 어머니라니! 기쁘지 않다는 건 거짓이겠지. 그런데 서울에서 오신 분이 이 시골생활을 잘하실 수 있으실까? 아, 어머니는?'

영숙은 어머니가 계신 안방으로 달려갔다. 걸음을 옮길 때마다 마루 이음새가 삐걱거렸다. 신경이 거슬렸다. 하지만 영숙은 오직 어머니가 걱정될 뿐이었다. 문고리를 살짝 잡아당겨 방안을 살폈다. 어머니가 어린 동생을 끌어안고 울고 있었다. 영숙은 방으로 들어가 위로하고 싶었다. 하지만 어떻게 해야 좋을지 떠오르지 않았다. 영숙은 어머니의 아픔을 알 것 같기도 하고 모르는 것 같기도 했다.

"얘 영숙아 뭐하니! 이리 좀 와보렴!"

영숙은 할머니의 말씀에 비밀을 들킨 듯 화들짝 놀라며 뛰어갔다. 아버지가 헐레벌떡 뛰어오는 영숙을 보며 기분 좋게 웃으셨다. 아버지 앞에 새어머니와 새 여동생이 서 있었다.

"인사하렴, 영숙아. 앞으로 새로운 어머니가 되어주실 분이다."
"안녕하세요."
새어머니는 영숙의 멋쩍은 인사에 고개를 가볍게 숙이며 웃어 주었다. 영숙은 새어머니의 반응에 어찌할 바를 몰라 얼버무리는데 새어머니의 손을 꼭 붙잡고 있던 새 여동생이 불안한 눈빛으로 영숙을 쳐다보고 있었다. 영숙은 왠지 가슴이 뭉클해졌다. 영숙은 그거면 됐다고 생각했다. 그거면 됐다고.
"우리 세 사람이 이렇게 만난 것도 인연인데 힘들더라도 서로 이해하고 의지하면서 잘살아보세."
아버지 말씀에 두 어머니는 아무런 말이 없었다. 영숙은 괜히 답답한 마음이 들고 눈치가 보였다. 함께 둘러앉은 가족들 사이로 무거운 침묵이 흐르고 있었다. 어른들은 서로 고개를 숙여놓고 시선을 회피하고 있었다. 어색하기 짝이 없는 모습이었다. 그때 방긋방긋 웃는 웃음소리가 들려왔다. 어머니의 품에 안긴 어린 동생이 어른들을 둘러보며 웃는 해맑은 웃음소리였다. 무거운 분위기 사이로 웃음이 번지고 있었다.
새봄이 찾아 왔다. 새어머니는 그리도 바라던 아들을 낳았다. 영숙은 예쁜 남동생을 보며 이제 다 되었다고 생각했다. 가족들이 지고 있던 짐을 내려놓을 수 있게 되었다고.
이렇게 영숙의 어린 시간은 지나가고 있었다.

# 한국전쟁

"어떡하죠, 어머니. 이제 쌀이 없어요. 쌀도 쌀이지만 옥수수도, 보리며 밀이며……"

"이게 무슨 난리냐, 도대체. 이런 불한당들이 있나. 실태 조사를 한다더니 농사지은 걸 다 가져갔으니. 거기다 맨날 남자들은 도망을 가 있어야 하니, 편한 날이 있겠니."

할머니의 불평을 들은 영숙은 아버지를 생각했다. 산으로 도망간 아버지가 오늘은 무사히 내려올 수 있을까. 함께 산에 올라간 할아버지와 두 삼촌도 걱정되었다. 내려오다 붙잡히면 의용군이나 보국대로 끌려가고 만다. 아버지가 붙잡히는 상상을 할 때마다 영숙의 가슴은 사시나무처럼 떨려왔다.

영숙은 학교를 못간지가 얼마나 되었는지 세어보려 했다. 하지만 너무 오랜 기간이라 기억이 가물거렸다. 휴교령이 내려져 있었다. 영숙의 아버지와 할아버지, 삼촌들만 도망친 것이 아니었다. 마을의 남자들은 대부분은 산속으로 숨어들거나 피난을 떠났다. 또 인민군들이 마을에 '조선 인민군 사무실'을 차려놓았다. 매일 동네 사람들을 불러들였다. 영숙은 그곳에서 뭘 하고 있는지를 잘 몰랐다. 하지만 그곳에 불려갔던 어른들은 혀를 찼다. 세상이 어찌 굴러가려 이러는지 모르겠다며 불안해했다. 영숙은 하루라도 빨리 전쟁이 끝나기를 바랄 뿐이었다.

세상의 모든 것이 고요히 잠든 밤. 1950년 유월 이십오일, 38선이 뚫리고 예고 없이 전쟁이 시작된 것이다.

"아들들 다 어디 갔소? 어디다 숨겨 놓았냐 말이요?"

어머니를 비롯한 작은 어머니들이 어찌할 바 모르며 부들부들 떨고 있었다. 하지만 집안의 큰 어른인 할머니는 아랑곳하지 않았다. 물음에 당당하게 대답했다.

"모른다. 알아야 보내지? 나도 집 나간 아들 본 지 오래다. 소식이라도 알면 좋겠구만."

인민군이 갑자기 집에 들이닥치는 일은 이후에도 빈번했다. 매미가 울어대는 8월이었다. 영숙은 부채질하다가 하늘을 올려다보았다. 쏟아져 내리는 여름 볕 빛에 눈이 시실 정도였다. 아버지는 여전히 산에서 내려오지 못하고 있었다. 인민군은 마을의 남자들을 찾으러 다녔고 영숙의 할머니는 매번 거짓말로 위기를 넘기곤 했다. 영숙은 멀거니 먼 산을 보며 아버지를 기다리는 일이 잦았다.

인민군들 때문에 마음 졸이던 낮이 서서히 지고 있었다. 영숙은 방안에 누워 바깥에서 사각거리는 풀벌레 소리를 듣고 있었다. 팔베개하여 옆으로 누워 다른 손으로는 방바닥에 그림을 그리고 있었다. 갑자기 현관문 쪽에서 소리가 들려왔다. 영숙은 조심스럽게 몸을 일으켰다. 소리를 내지 않는 것이 습관으로 된 어머니와 작은어머니들이 조용히 몸을 일으켜 현관문을 향해 다가가다가 비명을 내질렀다.

"으악!"

할머니는 현관을 바라보며 꼼짝하지 않았다. 어머니들이 부엌을 통해 뒤 안으로 달아나 김치광 뒤에 둘러쳐 있는 울타리를 밀어 제꼈다. 울타리가 한꺼번에 '우직' 소리를 내며 넘어졌고, 어머니들은 재빠르게 밭고랑 아래로 숨어들었다.

영숙의 눈에 남자들의 모습이 들어왔다. 어깨에 총을 멘 인민군들이 집 안을 두리번거리고 있었다. 그 순간

'도망친 사람들이 남자들이라고 생각하나 보다. 어떡하지.'
영숙은 떨리는 어깨를 진정해보려 했다. 하지만 쉽게 되지 않았다.
"여기 모여 있던 동무들 다 어데 갔소? 당장 찾아 데려와?"

인민군들의 표정은 당장이라도 할머니에게 총질이라도 할 태세였다. 할머니는 말문이 막혀 우물거리다가 겨우 입을 열었다.

"우리 며느리들이 송편을 빚다가 총을 멘 당신들을 보고 너무 놀라 뛰어나간 것이네. 남자는 무슨. 아무도 없지. 나도 아들 둘을 의용군으로, 다른 두 아들은 보국대에 보내고 이렇게 며느리들만 데리고 살고 있네. 믿기지 않으면 여기 마루를 한번 보게."

그러고는 빚고 있던 송편을 보여주었다. 무척 놀란 목소리로 더듬거리고 있었다. 그러자 검은 양복을 입고 가방을 든 긴 머리의 남자가 할머니 앞으로 다가왔다.

'아마 장교인가보다. 옷도 다르고. 할머니는 괜찮으실까?'
영숙은 할머니에게서 눈을 뗄 수가 없었다. 너무 무서워 눈을 감고 싶었으나 눈을 부릅뜨고 할머니를 바라보았다.

"놀라게 할 생각은 없었습니다. 배가 너무 고파 먹을 게 없을까 하고 본 것이었습니다. 폐가 안 된다면 요기할 것과 하룻밤을 재워주시

겠습니까? 부탁드리겠습니다. 모두 너무 지쳐서……."

영숙은 짐짓 놀랐다. 인민군들은 사람을 괴롭히는 사람이라고만 생각했었다. 그런데 할머니에게 차분하고도 간곡한 태도로 부탁하고 있어 의아했기 때문이다. 할머니가 잠시 고민을 하더니 애기했다.

"얼른 저녁 해 드릴 터이니 저쪽에 있는 방에 들어가 좀 쉬시구려."

영숙은 밭으로 재빨리 내달렸다. 인민군들에게 밥을 먹이기 위해 어머니들을 데려와야 했기 때문이다.

정신없이 자고 일어난 인민군들은 짐을 챙겼다. 사실 짐이랄 것도 없었다. 다 낡은 군화와 차갑게 식은 총. 하지만 영숙은 그들이 안쓰럽다고 생각했다. 장교로 보이는 남자가 할머니께 인사를 했다.

"할머니! 오늘이 추석이지요? 산소에 성묘 가시지 말고 집에서 제사만 지내세요. 요즘 사람이 여럿 모인 것만 보면 비행기가 무조건 폭격을 하니까요. 저도 이 인민군이기 전에 부모 처자가 있는 한 집안의 가장이랍니다. 고향에 두고 온 가족들이 보고 싶군요. 살아서 가족을 만날 수 있을지는 모르지만…… 할머니 그동안 신세 많았습니다. 고맙습니다."

장교는 깍듯이 인사를 하고 걸음을 재촉해 떠나갔다. 영숙의 어린 눈에도 가족 이야기 꺼내며 글썽거리는 장교가 안쓰러웠다.

"저런 원수 놈의 가슴에도 부모와 가족을 아는 피는 흐르고 있구나. 전쟁이 원수구나."

할머니는 짧게 혀를 찼다. 어머니들은 인민군이 떠난 자리를 청소했고 영숙도 어머니들을 도와 흔적을 지웠다.

'전쟁이 끝나기는 할까. 얼른 끝나야 하는데.'

얼마 전에는 뒤편 개울 건너의 마을에 사는 사람이 총에 맞았었다. 보국대까지 다녀왔는데도 그리된 것이다. 벼가 잘 되었는지 보러 갔다가 가족들에게 차갑게 굳어 가는 모습으로 발견된 것이다. 가족들이 애통해하며 입에 숭늉을 떠 넣고 피가 나는 곳을 솜으로 죽을 힘을 다해 막아도 피가 그치지 않았다.

"이놈의 세상이 어떻게 되려고 이러는지 모르겠구먼."

동네 어르신들이 자주 하시는 말씀이었다. 영숙은 바닥을 묵묵하게 닦으면서 어른들이 얘기를 되뇌어 봤다. 전쟁이 끝나야 한다. 그래야 모두가 걱정 없이 살 수 있다. 애써 지워지지 않는 바닥의 때를 벅벅 닦아내며 마음을 다잡았다.

## 보국대

보국대에서 영장이 날아왔다. 영숙은 무겁게 내려앉은 집안 분위기 속에서 아무 말도 못 하고 조용히 눈치를 살폈다. 아버지와 작은아버지들께서는 산속에 숨어 있고 보국대나 의용군에 모두 가지 않은 사실을 알 만한 이들은 모두 알고 있었다. 마냥 회피할 수는 없었다. 끝내 가지 않으면 반동으로 몰릴 판이었다. 누군가는 가야 했다. 어른들은 아무런 말이 없었다. 아니 어떠한 얘기도 꺼내지 못하고 있었다.

어른들의 사정을 알 리가 없는 영숙의 동생은 젖 달라며 보챘다. 영숙은 어른들의 얘기를 어렴풋이 알아듣고 있었다. 그렇기에 그저 고개를 푹 숙이고 있을 뿐이었다. 그때 어머니가 잠시 막내딸을 바라보다 우는 딸을 달래놓고 어른들에게 얘기했다.

"제가 갈 께요."

어른들이 무척 놀라는 눈치였다. 어머니를 뚫어지게 쳐다보았다. 영숙도 덩달아 놀라며 어머니를 바라다보았다. 어머니의 눈동자에 굳은 결심이 번득이고 있었다.

"그게 무슨 소리냐. 맏며느리인 네가 가서 어떡하겠다는 거니."

"하지만 어머니, 여기 있는 작은어머니들은 아직 젊은 새댁들이잖아요. 그래도 나이가 많은 제가 가는 게 나아요."

"그치만 애야, 네 막내딸을 좀 보렴. 젖도 떼지 않은 애를 두고 어쩌려고."

"어머니, 누군가는 가야 해요. 오늘부터 떼면 되죠. 제가 갈게요."

"형님 그렇지만……."

"내가 갈 터이니 자네들은 우리 애들을 잘 돌봐주게."

영숙은 어안이 벙벙했다. 어른들도 더는 얘기를 꺼내지 못했다. 어머니의 말대로 누군가는 가야 했기 때문이었다.

'이건 상의가 아니고, 어머니의 바람이잖아. 모두가 말리고 있는데. 하지만 어쩔 수 없는 일일까?'

영숙은 생각 끝에 받아들이기로 했다. 어머니가 가야 한다는 걸 알고 있었다. 눈물이 나오려는 걸 꾹 참으며 주먹을 불끈 쥐었다. 코끝이 시큰해졌지만 울지 않으려 애썼다. 작은어머니 중 한 사람은 눈물을 쏟고 말았다. 어른들은 더는 말이 없었다.

어머니가 떠나는 날이었다. 인민군 사무실에서 사람이 왔다. 영숙은 어머니의 손을 꼭 잡았다. 어머니가 영숙을 애처롭게 바라보다 애써 손을 뿌리치고 있었다. 아직 젖을 떼지 못한 동생을 영숙의 품에 안겨주며 얘기했다.

"이제 가면 다시 살아 돌아올 수 있을는지. 이 어린 것을 두고 떠나려니 마음이 아프구나. 내 한 몸 어찌 되어도 좋지만, 이 어린 것이 불쌍해서 어쩌나?"

어머니의 눈에서 구슬 같은 눈물이 뚝뚝 떨어졌다. 강한 모습을 보이려 애를 썼지만 어린 딸들 앞에서는 독하게 먹은 마음이 속절없이 무너졌다.

'어머니가 우시는구나!'

영숙도 서러움이 몰려왔다. 눈물이 양 볼에 흘러내리기 시작했다. 어머니에게 달려가 허리를 끌어안으며 얘기했다.

"엄마 가지 말아라. 가지 마."

"너 동생 잘 봐야 한다. 들어가. 알았지? 울지 말 거라. 엄마 꼭 올게."

"엄마! 아파. 아야 했어?"

영문도 모른 채 젖을 먹다 고개를 든 동생이 말했다. 어머니는 동생을 끌어안고는 더욱 슬프게 울었다.

"시간이 늦었으니 빨리 나오기요."

인민군의 성화에 못 이긴 어머니는 발걸음을 떼었다. 어른들도 달려 나와 대문 앞에서 눈물을 흘렸다.

"병숙아! 엄마가 갔다 오면서 맛있는 거 갖고 올게. 그동안 할머니 말씀 잘 듣고 언니 말 잘 듣고 있어야 한다."

어머니와 유달리 우애가 각별하던 넷째 작은어머니는 눈물을 감추지 못하고 꼭 돌아오셔야 한다며 어머니의 손을 꼭 잡아주었다. 어머니가 고개를 끄덕였다. 인민군은 어머니를 끌어나가다시피 대문 밖으로 데리고 나갔다. 가족들은 문 앞에 서서 꼼짝도 하지 못했다. 영숙은 따라 달려가고 싶었다. 어머니의 품에 안겨 울고 싶었다. 하지만 참아야 했다. 어머니가 동생을 잘 봐야 한다고 하지 않았던가.

"엄마, 어디가?"

멀어지는 어머니를 따라가자고 떼를 쓰는 동생을 영숙은 달래야 했다. 동생이 울고 있었다. 영숙은 눈물을 참으려 했지만 참아지지 않았다. 어머니는 어느새 징검다리를 건너 멀어져가고 있었다. 그 너머에 노을이 지고 있었다. 가족들은 노을을 바라보며 오래도록 움직이지 못했다. 자꾸 떼를 쓰는 동생에게 영숙이 말했다.

 "울지 마라. 그렇게 자꾸 울면 엄마 안 오신다. 엄마가 맛있는 거 많이 가지고 오실 거니까 언니랑 놀자."

 영숙은 언니답게 동생을 어르고 달랬지만 사실 엄마가 너무 보고 싶었다.

 낮이 되면 친구들과 놀고 해가 지면 어머니에 대한 그리움 때문에 눈물이 나오는 걸 꾹꾹 참으며 하루하루를 보내고 있었다. 그렇게 시간이 지나갔다. 영숙에게는 남들보다 시간이 더욱 더디게 흐르는 것처럼 느껴졌다.

 어머니가 떠나고 시간이 많이 흐른 뒤. 아침부터 비행기 소리가 유난이었다. 가족들은 어떤 일이 일어나는지도 모르고 무서워 떨며 집 안에 가만히 있었다.

 "이게 어찌 된 일이냐. 무슨 일이 일어나는지 원, 알 수 있어야 말이지."

 할머니께서는 짧게 한탄하시고 영숙과 영숙의 동생을 끌어안았다. 잠시 후 산속에 숨어 있던 셋째 작은아버지가 내려왔다. 문을 벌컥 열고 숨을 헉헉 몰아쉬는 작은 아버지의 얼굴이 붉게 상기되어 있었다.

 "어머니! 이제 우리 살았습니다. 우리 국방군이 다시 올라오고 인민군들은 북으로 쫓겨가는 길이랍니다. 여기도 벌써 국방군이 들어왔대요. 만세 부르러 갈 랍니다."

작은아버지는 기쁜 얼굴로 문밖으로 뛰쳐나갔다. 가족들 모두 기뻐했으나 마냥 기쁘지만은 않았다. 할머니는 목멘 목소리로 얘기했다.

"이럴 줄 알았으면 무슨 핑계를 대서라도 조금만 참고 있을 것을…… 이제는 살아 돌아오긴 틀렸구나. 이 어린 것 불쌍해서 어쩌나?"

할머니는 어린 영숙의 동생, 병숙의 머리를 쓸어내리며 얘기했다. 영숙은 보국대에 끌려간 어머니를 떠올리며 그렁그렁 맺힌 눈물을 참았다.

산에 올라간 남자 어른들이 하나둘 내려오고 마을은 오랜만에 활기를 되찾았다. 저녁이 되자 박꽃이 하얗게 벌어지고 뜰 아래 핀 분꽃도 활짝 피어났다.

작은어머니들이 저녁을 하느라 분주할 때에 대문 열리는 소리가 들려왔다. 보국대에 가서 죽을 줄 알았던 어머니가 마당으로 들어섰다. 영숙은 넋을 놓고 쳐다보았다. 그러다 방에 앉아 있는 동생 병숙을 큰 소리로 불렀다.

"병숙아, 나와봐! 어머니 오셨다."

"병숙아, 엄마 왔어!"

영숙은 어머니에게 달려갔다. 눈물이 흘러내리느라 어머니의 얼굴이 잘 보이지 않았다. 가족들 모두는 어머니의 음성에 놀라며 달려 나왔다. 모두 어머니를 멍하니 쳐다보다 뜨겁게 눈물을 흘렸다. 병숙도 어머니에게 달려가 품에 안겼다. 그리고 한참 만에 어머니의 눈에 놀라는 어른들의 모습이 들어오자 이윽고 얘기를 꺼냈다.

"사무실로 갔는데 사람들이 수군수군하더니 인민군 장교들이 가방 속에서 민간인 옷을 꺼내 입고 우리 사이에 끼더라구요. 무슨 영문인지 몰랐는데 아마 전세가 불리해져 쫓기는 모양이었어요. 그렇게 사기막 고개를 넘어 산길을 가는데 머리 위에서 비행기가 요란하게 으르렁거리고 대포 같은 소리가 쾅쾅 들려왔어요. 이제는 죽는구나 생각했구요. 마침 국방군의 차가 셀 수도 없이 몰려오고 있었죠. 반갑기도 했지만, 보국대로 가던 길이라 죽일지도 모른다는 생각이 들어 모두 떨며 서 있는데 차에서 군인들이 내리더니 총을 겨누며 수십 명이 몰려오지 않겠어요? 모두 죽었구나 생각하고 있는데 어찌 알았는지 민간인 옷을 입었던 인민군을 찾아내 데려갔어요. 그걸 보며 무서워 떨고 있는데 한 군인이 다가오더니

'아저씨, 아주머니들 이제 안심하셔도 됩니다. 보국대에 가시지 않고 집으로 돌아가시면 됩니다. 우리 국방군이 올라오고 있으니 마음 놓고 집으로 돌아가십시오. 앞길은 위험하니 뒷길로 가셔야 합니다. 자 모두 집으로 돌아가세요.' 라고 하더라구요. 모두 돌아서는데 한 군인이 저한테 오더니 얼굴이 창백하다며 자기 배낭에서 소고기 통조림 하나를 꺼내 주었어요. 먹고 힘내서 잘 돌아가라고 말이에요."

그러고는 통조림을 꺼냈다. 어머니는 힘에 겨웠는지 목소리를 겨우 겨우 짜냈다. 그러자 할아버지는

"조상님 덕분이구나. 이렇게 아무 탈없이 살아와 주니 너무 고맙다. 맏며느리인 네가 만약 잘못되기라도 했다면…… 정말 다행이구나."

라고 얘기하며 기쁨을 감추지 못했다.

"배고프겠구나. 우리, 어서 저녁 먹자꾸나. 오랜만에 가족이 함께 다 모였군."

할머니는 상을 차릴 준비를 하며 말했다. 어머니가 가져온 통조림을 따고는 식구들 모두 둘러앉았다.
 얼마 후 국방군은 다시 인민군의 힘에 밀려나 남으로 쫓겨갔다. 모두가 피난 준비를 해야 했다.

## 전소된 집

강바닥이 얼어붙은 겨울. 영숙은 코끝이 아려오는 걸 참으며 호호 손에 입김을 불었다. 추운 겨울에 피난을 떠나는 터라 명주로 안을 넣고 목화솜을 넣어 누벼 만든 옷을 단단히 챙겨 입었다. 남자들은 땅을 깊게 파놓고 쌀과 옷가지 등을 묻어 놓았다.

다 함께 출발했다. 그러나 결국 가족들은 찢어져야 했다. 피난길인 데다가 대가족이 남의 집에서 밥을 얻어먹어야 하는 일은 여간 어려운 일이 아니었다.

"식량 문제도 있고, 이래저래 눈에 띄는 건 좋지 않으니 찢어져서 가야겠습니다, 아버지. 저와 동생 먼저 가죠."

아버지는 할아버지에게 얘기하고 피난을 앞서 떠났다. 가족들은 결국 흩어졌다. 여자 어른들과 할아버지와 함께 떠나는 힘겨운 피난 길로 영숙은 점점 지쳐가고 있었다. 그러나 마음을 다잡으려 노력했다.

'안 돼. 이렇게 기죽어 있을 수 없어. 힘을 내야지.'

다른 집에서 얻어먹는 눈칫밥임에도 영숙은 언제나 맛있게 먹었다.

피난길은 언제나 힘들었기 때문에 조밥과 간장, 김치만으로도 행복했다.

먼 피난길. 눈 덮인 산을 넘어 꽁꽁 얼어붙은 강을 건너자 고향이 가깝게 느껴지는 마을에 이르렀다. 가족들 모두 '산 하나만 넘으면 고향이구나' 하는 마음으로 힘든 줄 모르고 걸었다. 영숙도 집이 가까운 곳에 있다는 생각에 피난길을 걷느라 힘겹다는 생각도 들지 않았다. 집이 저 산 너머에 있다는 생각에 영숙은 반짝이는 눈을 막연히 먼 곳에 두었다. 그러자 갑자기 산 뒤편에서 연기가 나는 게 보였다.

'저게 뭐지?' 의아해진 영숙이 어른들에게 말했다.

"산 뒤에서 연기가 나고 있어요. 저기 보세요."

가족들은 서둘러 산 뒤쪽을 바라보았다. 집이 있는 동네에서 연기가 피어오르고 있었다. 집안 어른들이 화들짝 놀라며 긴장하고 있었다. 마음이 급해진 어머니였다. 그 마을 사람들에게 묻는 말이었다.

"저기 산 넘어 보니까 연기가 나고 있는데 어찌 된 일인지 아세요?"

"저 산 너머 마을에 어제 미군들이 집집 마다 불을 놓았는데 여태껏 불타고 있네. 그려."

뒷마루에서 먼 산을 바라보며 앉아 있던 그 마을의 할머니가 대답하는 말이었다. 영숙은 하늘이 무너지는 기분이었다. 한 달여 만에 돌아온 고향에 그런 일이 일어났을 줄이야. 영숙의 눈에서는 눈물도 고이지 않았다. 이미 흘렸어야 할 눈물들이 모두 흘러내려 버린 것 같았다.

'허탈하니 눈물도 나오지 않는구나.'

온 가족 모두가 연기가 피어오르고 있는 산 너머를 말없이 바라보기만 했다. 맥없이 발걸음이 떼어지지 않던 가족들은 그 마을에 있는 외가댁에 도착했다. 반갑게 맞아주는 외가댁은 따뜻한 저녁밥까지 내어주었다. 지금까지 힘들게 피난 다녔던 가족들은 그제야 마음이 놓이는 것 같았다.

새벽에 닭이 우는 소리가 들렸다. 좁은 방에 서로 부대끼고 자던 가족들이 하나둘 눈을 뜨기 시작했다. 영숙은 닭 울음소리와 함께 사위가 환해지는 느낌에 눈을 떴다. 그러자 먼저 일어나서 앉아 있는 할아버지가 보였다. 제일 먼저 일어난 할아버지는 아침 일찍부터 나설 채비를 서두르고 있었다.

"할아버지, 어디 가세요?"

"고향 집에 한 번 넘어가 봐야겠구나." 영숙은 할아버지가 고향 집에 간다는 말을 듣고 이불 속에서 얼른 벌떡 일어났다.

"저도요! 저도 갈래요!" 할아버지는 구태여 따라가겠다는 손녀딸을 안쓰러운 눈으로 쳐다보고는 "그래, 가자"라고 말했다.

마을이 보이는 큰 고개에 오르자 마을이 한눈에 들어왔다. 이십여 채가 옹기종기 모여 사는 마을은 온데간데없고 까맣게 탄 집터와 벌판만이 눈에 들어왔다. 할아버지는 마을의 모습에 놀라 고개 마루턱에 주저앉고 말았다. 영숙은 마을을 그대로 두고 볼 수만은 없어 할아버지께 말씀드리고 마구 뛰어 마을로 내려갔다. 마을에 접어들수록 기가 막혔다. 오밀조밀 모여 있던 집들은 모두 사라져 없었다. 그리고 아직도 여기저기에서 연기가 피어오르고 있었다.

'집은? 우리 집은?' 영숙은 급한 마음에 얼른 집이 있던 곳으로 뛰어갔다. 영숙의 집은 큰 편이었다. 안채에서 아직도 연기가 하늘을 향해 피어오르고 있었고 다른 한구석에서는 미처 타작을 못 해 쌓아두었던 볏단들이 까맣게 타 있었다. 영숙은 머리가 하얘졌다. 멍해져서 타다 남은 집을 바라보는데 옆집에 사는 할아버지가 화가 잔뜩 난 표정으로 다가왔다.

"니 영숙이 아니야. 어디 있다 이제 왔나. 그 몹쓸 놈의 미군들이 이렇게 모두 잿더미를 만들어 버렸구나. 울고 애걸도 해 보았지만 막무가내로…….'"

옆집 할아버지는 눈물을 보이며 더 말을 잇지 못했다. 옆집 할아버지는 영숙이네 집이 불탈 때에 겨우 챙겨 나왔다며 가구 하나와 돗자리를 영숙에게 건네주었다. 영숙은 옆집 할아버지의 도움으로 가구와 돗자리를 자신의 등에 재빨리 짊어지고 고개를 들었다. 저 멀리에서 지프가 눈에 들어왔다. 키가 큰 미군들이 지프에서 서성이고 있었다. 영숙은 기겁했다. 옆집 할아버지에게 인사를 하는 둥 마는 둥 인사를 건네고 죽을힘을 다해 뛰었다. 미군과 최대한 멀어지려고 뛰고 또 뛰었다.

영숙의 할아버지는 고개 위에서 담배 연기를 뿜으며 흔적도 없는 마을을 내려다보고 있었다. 영숙은 할아버지 앞에 등에 진 돗자리와 가구를 내려놓고 말했다.

"할아버지! 이거, 옆집 할아버지가 주신 거예요. 우리 집도 다 타서 이것밖에 남지 않았어요."

할아버지는 눈물 젖은 눈으로 가구와 돗자리를 한 번 쓰다듬어보고는 타버린 마을을 멍하니 바라보고 있었다.

우리 가족은 그로부터 한참 후에 집으로 돌아갔다. 집터로 돌아가자마자 땅을 팠다. 땅속에 묻어 두었던 양식이 불길에 그을려 있어

먹을 수 없었다. 하지만 뭐라도 먹어야 했다. 그렇기에 어머니는 그 쌀로 밥을 지었다.

　겨울은 유난히 길었다. 집은 불에 타 없어지고 말았다. 영숙의 가족은 언 땅을 파헤치고 겨우 움집을 지었다. 하지만 살을 에는 추위는 어찌해볼 도리가 없었다.

　'너무 추워. 하지만 다들 견디고 있잖아. 전쟁이 얼른 끝나 버려야 할 텐데…….' 영숙은 최대한 웅크려놓고 무릎을 부여잡았다. 뼈까지 얼어붙을 정도의 혹독한 추위였다. 영숙은 그 추위를 견뎌내기에는 너무 여렸다.

## 전쟁의 후유증

기나긴 겨울이 물러갔다. 영숙은 더는 추위와 싸우지 않아도 되었다. 따뜻한 봄이 왔다. 추위로 고생하지 않아도 된다는 생각이 들자 마음이 놓였다. 하지만 전염병이 돌고 있었다.

전염병을 피해 가는 곳은 그 어디에도 없었다. 동네방네 구석구석을 휩쓰는 전염병이 영숙의 집에도 반갑지 않은 손님으로 들이닥쳤다. 영숙은 자신의 동생을 전염병으로 잃어야 했다. 영숙은 죽기 전까지 애타게 아버지를 찾던 동생을 떠올리면 한없이 슬펐다.

날씨는 점점 따뜻해져 먼 산에 아지랑이가 피어오르고 있었다. 국민병으로 가 있던 남자들이 하나둘 마을로 돌아오기 시작했다. 아버지도 돌아왔다. 영숙은 동생이 조금만 견뎌 주었으면 아버지를 볼 수 있었을 거라는 생각에 마음이 서러웠다. 봄이 오고 있었지만, 남아 있는 것은 아무것도 없었다. 농사를 지을 수조차도 없었다. 하지만 가족들은 그대로 살 수는 없었다. 가족들은 이웃과 함께 흙벽돌을 찍어 집을 지었다. 하지만 지붕이 무너지고 벽이 허물어졌다. 이를테면 반쪽만 남은 집에 불과했다. 배가 고팠다. 하지만 전쟁으로 폐허가 된 집이 점점 수선되는 것처럼 가족들의 상처도 조금씩 아물어 가고 있었다, 다만 넷째 작은아버지가 돌아오지 않는 일만 빼놓고 생각하면 모두 괜찮아지고 있었다.

전염병은 넷째 작은어머니마저 데려갔다. 평온함을 되찾아가던 가족들은 휘청할 수밖에 없었다. 엎치고 덮친 격으로 김천 형무소로부터 한 통의 편지가 날아왔다. 연락 두절이던 넷째 작은아버지로부터의 편지였다.

"형님 보십시오. 저는 우상이하구 집으로 돌아 가다가 김천 경찰서에 도피한 죄로 붙들려 문초를 받았습니다. 나는 도민증과 증명이 있는데 큰집 우상이는 없어서 나는 여러 형제고 우상이는 독자라 제 것을 주어 대신 행세를 하게 하여 무사히 집으로 돌려보냈습니다. 나는 그로 인해 여기 남아 빨갱이 누명을 쓰고 지금 형무소 생활을 하고 있습니다. 머지않아 사형에 처해 질지도 모르는 상황이라서 이렇게 급하게 형님에게 편지를 올렸습니다. 오셔서 절 좀 구해 주세요."

편지를 쥐고 있던 아버지의 손이 심하게 떨리고 있었다. 영숙은 심상찮다고 여겨져 불안한 마음으로 물었다.

"아버지? 이게 무슨 편지에요? 무슨 내용이에요? 작은아버지가 뭐라셔요?"

"……"

아버지는 아무 말이 없었다. 백지장처럼 얼굴이 하얘졌다. 그리고 쏜살같이 큰집으로 달려갔다. 어른들은 그런 아버지의 행동에 모두 놀라며 불안한 표정으로 걱정할 뿐이었다. 얼마간 시간이 지났다. 큰집에 갔던 아버지가 돌아왔다. 영숙은 창백해진 아버지의 표정을 살폈다. 아버지는 넋을 놓고 있었다. 먼 곳을 바라보다가 편지를 바닥에 떨어뜨리고 말았다. 가족들이 그 편지를 읽어나가기 시작했다. 어른들의 표정은 점점 하얗게 변해갔다. 그러자 입을 닫아걸고 있던 아버지가 얘기했다.

"이럴 때가 아니지, 얼른 진정서에 도장을 받아야겠어요! 마을 사람들한테 도장을 받아 형무소에 가면."

"그래요. 형님, 아무것도 하지 않는 것 보다야 훨 낫죠."

영숙은 마음이 심란해졌다. 뭔지는 잘 모르지만 불안하고 초조했다. 넷째 작은아버지에게 좋지 않은 일이 생겼다는 건 가족들이 나누는 얘기만을 알 수 있었다. 괜찮으실까. 영숙의 아버지가 주섬주섬 채비하여 바깥으로 달려나갔다. 그것 말고는 다른 방법은 없다는 듯이.

하지만 진정서에 도장을 받는 데에는 열흘이라는 시간이 훌쩍 지나버렸다.

형무소에서 돌아온 아버지와 셋째 작은아버지의 모습은 수척하기 짝이 없었다. 넷째 작은아버지가 돌아오기를 학수고대하던 가족들도 망연자실한 모습이었다. 영숙도 덩달아 불안해졌다. 얼굴이 굳어진 아버지는 쉽게 입을 열지 못하고 있었다.

"넷째는 어디 갔느냐?"

할아버지가 참다못해 얘기를 꺼냈다. 그러자 아버지가 곤혹스러운 표정으로 대답했다.

"넷째가 너무 약해져서 대구에서 몸 좀 추스르고 오라고 우리 둘만 먼저 돌아왔습니다."

"그러냐? 그동안 많이도 힘들었나 보구나. 그 속에서 얼마나 애를 끓었을지."

결국, 두 사람의 대화에 귀를 쫑긋해 있던 할머니 양 볼 주름 사이로 눈물이 뚝뚝 떨어져 내리고 말았다. 셋째 작은아버지도 방에서 나와 조용히 흐느끼기 시작했고 또한 아버지의 어두운 표정도 걷히지 않았다.

"왜요? 무슨 일이 있었던 건가요?"

영숙의 어머니가 재차 묻자 아버지가 무겁게 입을 열었다.

"이미 형무소에 갔을 때는 너무 늦었었네. 넷째 시체만 보고 왔는데, 어찌나 고문을 많이 받았는지 몸이 퉁퉁 붓고 머리털이 다 빠져있었지. 알아보기조차 힘들었네. 헌병 장교가 말하길 사형시키기 직전에 불러다 놓고 마지막 할 말을 물으니 소원은 없다 하면서 고향에 계신 부모님께 마지막 절이나 올린다고 하며 고향 쪽을 향해 절을 세 번 하고 대한민국 만세를 세 번 불렀다는군. 이 말을 어떻게 부모님께 할 수 있겠나."

아버지는 고개를 숙이고 참던 눈물을 결국 쏟아냈다. 가족들은 비통한 소식에 할 말을 잃고 멍하니 제 자리에 못에 박힌 듯 오랫동안 서 있었다. 영숙은 넷째 작은아버지의 얼굴을 떠올렸다. 그렇게 좋은 분이 돌아가시다니! 영숙의 어머니도 흐르는 눈물을 주체하지 못하고 저고리로 눈물을 훔쳤다.

세상에 비밀은 없는 법. 아버지의 거짓말은 오래가지 못했다.

앓아누우신 할머니는 다시는 큰 집을 보지 않겠다 했으나 간곡한 아버지의 부탁으로 겨우 힘을 차려 자리에서 일어났다. 영숙은 전쟁이 남긴 상처가 다 아물려면 아주 많은 시간이 필요할 것 같았다.

## 기울어지는 가세

영숙은 방안에 앉아 건너편에서 들려오는 어른들의 대화를 들어보려 기를 썼다. 이미 기울어가는 가세 때문에 중학교 진학은 포기하고 있었다. 아버지의 한숨 소리가 유난히 깊고 크게 들리고 있었다.

아버지를 비롯한 작은아버지들의 몸이 불편했다. 그런 몸으로는 농사일이 힘들었다. 품을 사야 했다. 품삯을 줘야 했는데 언제나 농사는 적자가 났다. 아버지는 어떻게든 집안을 살리기 위해 정미소를 시작했다. 그러나 사정이 어려운 이들에게는 공짜로 벼를 쪄 주었는지라 남는 건 없었다. 그러는 사이 셋째 작은아버지는 빚을 얻어 석유 장사를 시작했다. 군부대로부터 석유를 사다 파는 일이었는데 군수물품이라 걸핏하면 압수를 당하곤 했다. 셋째 작은아버지는 버티다 못 해 원주로 이사하고 말았다. 그런데, 영숙의 아버지 정미소에도 빨간 딱지가 붙고 말았다.

"셋째 그놈이 고리 대금업자한테 내 도장을 찍을 거라고는 생각도 못 했네. 그놈의 밭문서랑 논문서까지 잡히고 더 잡힐 게 없으니 내 것을 잡혀 쓴 모양인데. 이럴 거라고 생각이나 했겠는가."

아버지는 어머니에게 미안해하며 고개를 숙였다. 논에는 벼가 누렇게 익어 있었다. 수확을 기다리고 있었는데 논에 말뚝이 박히고 빨간 줄이 둘러쳐져 있었다. 그것을 본 할머니는 몸져눕고 말았다.

집안은 초상집처럼 변하고 말았다. 영문을 알 길이 없었다. 셋째 작은아버지에게 전보를 쳤다. 이튿날 할아버지는 죄인처럼 몸을 웅크리고 들어온 셋째 작은아버지의 머리채를 휘어잡고 화를 내고 있었다.

"이놈아! 이게 도대체 어떻게 된 일이냐. 바른대로 말 못 하겠냐?"

그러고는 셋째 작은아버지를 땅바닥에 내팽개치고는 호되게 때리기 시작했다. 가족들은 역정을 내는 할아버지의 모습이 무서워 벌벌 떠는 셋째 작은아버지의 초라한 모습이 안쓰러워 고개를 돌렸다. 보다 못한 아버지가 할아버지를 말리기 시작했다.

"아버지. 고정하세요. 엎질러진 물 이제 와 무슨 소용이 있습니까. 셋째 너, 도대체 어찌 된 일인지 말이나 속 시원히 해 보거라. 네가 기름장사 한다고 흥청거릴 때부터 걱정이 되긴 했지만 네가 이렇게 큰일을 저지를 줄은 몰랐다. 내 도장을 가져다 몰래 찍을 생각을 하다니."

작은아버지는 고개를 푹 숙여놓고 아무런 말을 못 했다.

'정말 너그러운 분이시구나. 아무리 형제라지만 다른 집이라면 무척이나 싸웠을 것 같은데.'

영숙은 자신의 아버지를 보며 그렇게 생각했다. 결국, 아버지가 용서해 작은아버지의 잘못을 용서한 것이나 다르지 않으니 말이다.

억울하게 재산을 빼앗긴 영숙의 아버지는 채권자를 상대로 소송을 제기했다. 하지만 재판은 한 번에 끝나지 않았다. 자꾸자꾸 미뤄지곤 했다. 삼 년. 삼 년이라는 긴 시간 끝에 재판은 끝났다. 하지만 땅과 정미소를 모두 빼앗기고 말았다. 채권자가 법원 판사에게 뇌물을 주고 재판에서 이겼다는 사실을 한참 후에 알게 된 것이다.

영숙의 아버지는 세상을 미워했다.

# 결혼

영숙은 새어머니와 만나 얻은 동생 경자와 함께 고개 마루턱에 앉아 있었다. 외가댁에 심부름으로 다녀오는 참이었다. 빽빽하게 우거진 나무들의 틈으로 실바람이 불어와 영숙의 이마를 간질거렸다. 동생과 나란히 앉은 영숙은 먼 하늘을 바라보았다. 하늘 끝에 걸린 얇은 구름을 천천히 세어보다 동생에게 말했다.
 "너와 둘이서 이 고개 참 많이 넘었는데 오늘 넘고 나면 다시 언제 넘을지도 모르겠는걸."
 영숙의 작은 등 뒤로 새가 우는 소리, 벌레 소리가 밀려왔다. 영숙은 눈이 아려오는 걸 느꼈다. 아. 울지 말아야 하는데.
 "언니! 시집 멀리 가는 것도 아닌데 뭐?"
 동생의 위로에도 영숙의 마음은 쉽게 진정되지 않았다. 혼사 날짜가 점점 다가올수록 영숙의 마음은 점점 더 무거워졌다. 영숙은 웅크리고 앉아 전쟁이 끝나가고 있었던 일들을 떠올렸다.
 넷째 작은아버지가 돌아가신 후 상처가 깊었던 가족들은 어떻게든 다시 기운을 차리기 위해 할아버지의 회갑 잔치를 크게 벌였다.

넉넉지 않은 형편 속에서도 이웃들과 서로 도우며 무사하게 잔치를 치를 수 있었다. 그뿐 아니다. 그 후 친구처럼 지내던 고모가 서울로 올라가는 바람에 영숙은 쓸쓸히 지내야 했다. 물론 동생들을 돌보다 보면 시간 가는 줄 몰랐지만 외로운 마음이 드는 건 어쩔 수 없었다. 결국, 아버지에게 졸라 서울에 올라간 고모를 만나러 갔다. 영숙은 처음으로 버스를 타 보았다. 꽃구경 가는 날에 처음으로 기차라는 걸 보았고, 농촌의 봄에서는 상상도 할 수 없는 꽃놀이도 해 보았다. 사람들이 지나가는데도 목청껏 노래를 부르는 작은어머니는 정말 예쁘게 빛났다. 하지만 홍역을 앓은 남동생과 봄에 바쁘게 일하고 있을 부모님이 걱정되어 서둘러 고향으로 돌아왔다.

'하지만 그러고 난 후에도 많은 일이 있었지.' 영숙은 팔에 고개를 기대고 또다시 생각에 잠겼다. 전쟁이 끝나고 선거가 있었다. 후보들의 선거공약들이 이어졌지만 당선된 건 이승만 대통령이었다. 어른들이 납득할 수 없는 선거 결과였다. 그래서 결국, 4·19 혁명이 일어나 이승만정권은 물러나고 말았다. 얼마 후에는 친구처럼 지낸 고모가 결혼식을 올렸다. 영숙은 펑펑 울어 부은 눈으로 고모와 헤어졌다. 식구들이 각지로 헤어졌기 때문에 영숙의 어머니가 해야 할 일은 점점 늘어났다. 영숙은 어머니를 그냥 보고 있을 수 없었다. 열심히 집안일을 도우며 동생들을 돌보았다. 그러다 보니, 혼담이 오고 가게 된 것이다.

영숙은 어린 동생을 멀거니 바라다보며 얘기했다.

"나는 결혼하기 싫어. 어머니가 걱정되는걸. 내가 떠나고 나면 어머니가 하셔야 할 일이 얼마나 많겠어?"

"하지만 언니, 중매하는 아줌마가 언니가 겨울에는 외가 일을 도와도 된다고 혼사 치르는 곳에 말해두었다며."

"응…… 그렇긴 한데……"

영숙은 말끝을 흐리고 말았다. 시집살이는 만만치 않다는 데 과연 그게 잘 해낼 수 있을까 하는 걱정이 앞섰다. 게다가 시어머니 되는 분과 큰며느리가 사이가 좋지 않다는 소문도 있어 마음이 무거웠다. 가장 걱정인 건, 역시 어머니였다. 천식 기운이 있어 몸도 안 좋으신데 추운 겨울 어떻게 물을 길어 오고 빨래를 할 수 있을지. 걱정이 태산이었다.

영숙이 결혼하는 상대는 이웃집의 재수 오빠였다. 모르지 않는 사이였지만 막상 어른들의 결정대로 결혼이 성사되고 나니 부담스러운 상대가 되어버렸다. 영숙은 이 현실로부터 도망치고 싶었다. 하지만 부모님과 조부모님을 생각하니 그럴 수도 없는 일이었다. 영숙은 어쩔 수 없이, 혼사를 받아들여야 했다.

## 엄마가 되었다

 벙어리 삼 년, 귀머거리 삼 년, 장님 삼 년. 영숙의 아버지가 영숙에게 일러준 것이었다. 영숙은 마당에 차려진 초례상을 보고 나서야 다른 집의 며느리가 된다는 걸 실감할 수 있었다. 계속해서 내리는 비는 정오가 될 때까지 멈추지 않았다. 영숙의 눈에서 흐르는 눈물도, 멈추지 않았다. 시집을 간다고 좋은 것도 슬픈 것도 아닌데 영숙의 마음은 괜찮아질 줄을 몰랐다. 열두 시가 되어서야 혼례가 시작되었다. 사람들은 새신랑을 놀리고 웃어대느라 바빴다. 영숙은 몸가짐을 조심하려 노력했다. 꽃가마를 타고 갈 때는 또 어찌나 눈물이 나는지. 겨우겨우 눈물을 참고 새신랑과 함께 혼례를 무사히 마쳤다.
 새색시가 된 영숙은 신경 쓸 것이 많았다. 다른 집안 분위기에 낯선 것들은 하나둘이 아니었다. 어려움도 많고 힘이 들었다. 생활하는 모습이 물론 달라 그러는 것이지만 무엇보다도, 며느리의 입장이 얼마나 서러운 것인지 몸으로 깨달아갔다. 아침 일찍 일어나 식사 준비하는 것부터 시작하여 청소, 빨래, 바느질, 저녁 식사 준비와 설거지를 끝내고 나서야 겨우 잠자리에 들 수가 있었다. 그 모든 것이 모두 영숙의 몫이었다. 영숙은 밤에 누워 이불을 턱까지 끌어당기며 어머니와 함께 나누던 즐거운 담소들, 동생들과 함께 갔던 야산 산책, 밤마다 할머니께 들려 드리던 재미있는 이야기들을 떠올리곤 했다. 그 때 참 즐거웠던 때였다. 며느리가 된 지금에 비하면 정말 따뜻하고 행복했던 때였다.

'아. 또. 안 돼, 참아야지. 어른들에게 자꾸 눈에 띄면 어머니와 할머니가 걱정하실 거야.'

그렇게 생각하면서도 밤이 되어 자리에 누우면 영숙의 눈에서는 조그마한 눈물방울들이 볼을 타고 흘러내렸다. 거기에 친정어머니가 어린 여동생 하나를 데리고 혼자 계실 것을 생각하면 더욱 마음이 미어졌다.

영숙은 집안일뿐이 아니라 농사일도 거들어야 했다. 가족들의 일손이 부족했기에 영숙은 쉴 틈 없었다. 온종일 일에 파묻혀있었다. 조금도 본인의 처지를 한탄할 새조차도 없었다. 태기가 있어 몸이 무거워져도 마찬가지였다. 영숙의 시어머니는 너무 깔끔한 사람이었다. 일이 바빠 대충 설거지를 해놓으면 시어머니가 구태여 설거지를 다시 해놓았고, 솥뚜껑도 대충 닦고 나오면 다시 들어가 어김없이 깨끗하게 닦아 놓았다. 깨끗하다 못해 지나가는 사람의 얼굴이 비칠 정도가 되어야 성에 차는 정도였다. 영숙이 아이를 가졌을 때도 마찬가지였다. 일을 너무 많이 해 친정에 가서 쉴 때도 시어머니가 영숙에게 건넨 말은 차갑기 짝이 없었다.

"몸이 아프면 집에서 누워 있지? 친정에 와서 누워 있으면 더 나으냐? 태기인지 알지도 못하는데 여기 와서 누워 있으면 소문이 나지 않느냐? 시집온 지 얼마 되지도 않은 새댁이 창피하지도 않냐?"

영숙은 자신의 신세를 한탄했다. 아니, 여자로 태어난 것을 원망했다. 세상을 원망했다. 그저 눈물만 뚝뚝 흘리며 이 억울한 시간, 이 모진 시간이 재빨리 지나가기를 바랐을 뿐이다. 영숙이 아이를 낳던 날도 마찬가지였다. 묵직한 고통이 배를 짓누르는 듯해도 영숙은 아무 말 없이 밥상을 차렸다. 이를 악물고 견디다 못 해 하루가 지나고 저녁이 되어서야 방으로 겨우겨우 들어가 아이를 낳은 것이다.
　아이는 딸이었다. 어른들은 실망했다. 하지만 영숙은 좀 다르게 생각했다. 자기의 배가 아파 낳은 딸이 그렇게 예뻐 보일 수 없었다.
　'어머니가 아이를 낳고 나면 세상이 달라 보인다고 하시더니, 정말이구나! 어쩜 이렇게 예쁠까? 이 작은 얼굴 안에 눈, 코, 입이 다 있다니! 손가락과 발가락도 너무 예쁘구나! 이 좁은 뱃속에서 어떻게 이렇게 예쁘게 자랐을까?'
　영숙은 그저 신기했다. 눈에 넣어도 아프지 않은 딸이었다. 그렇기에 자신의 사랑과 정성을 담아 '미옥' 이라고 이름 지었다.
　하지만 시어른들이 바라고 바라던 아들이 아니었다. 그렇기에 시어른들의 시큰둥하고 찬바람이 도는 말을 견뎌내야 했다. 영숙의 할아버지가 돌아가셨다. 영숙은 경황이 없었다. 그런데 슬퍼할 겨를도 없었다. 할 일은 줄어들지 않았다. 농부의 아내가 되어 봄이면 논밭을 갈아야 했고 어쩌다 비가 오는 날이면 새끼줄을 꼬아야 했다. 그러는 새에 영숙은 두 번째 태기가 들었다.

## 또 아들 타령

"미옥 어메! 춘노 어메는 아들 낳았다고 하네. 맏동서가 미역 빨러 와 애기를 하네그려. 미옥이 어메도 맛있는 것 많이 먹고 기운을 내서 오늘 밤에라도 아들을 쑥 낳아야지?"

마을의 할머니가 냇가에서 파를 씻어 오며 영숙에게 한 말이다. 영숙은 첫째 딸인 미옥이가 예쁜데도 어른들이 잘 알아주지 않는 것이 속상했다. 그저 아들, 아들, 아들. 하지만 내색하지 않았다. 아무 말 없이 그저 살짝 웃어 주고 말았다. 그러나 시어머니의 참견이 영숙의 가슴을 후벼 파고 있었다.

"그러면 얼마나 좋겠습니까? 아들을 아무나 낳나요? 복 많은 놈이나 아들을 낳지!"

그 말을 들은 영숙은 하루 내내 마음이 찜찜했다.

'그동안 내가 얼마나 열심히 일했는데. 게다가 우리 미옥이도 정말 예쁘지 않은가? 어머니도 아들을 원하시는구나. 이번에 든 태기가 아들이어야 할 텐데. 아. 나는 며느리가 생긴다면 정말 이렇게 상처 주지 않고 잘 대해 줄 거야.'

영숙은 마음을 곱씹으며 치맛자락을 양손으로 가볍게 움켜쥐었다. 영숙은 아이를 위해 좋은 것만 듣고 좋은 것만 보려 노력했다. 하지만 영숙의 노력을 알아주는 이는 어디에도 없었다. 영숙은 또다시 세상을 원망하고 싶었다. 하지만 뱃속 아이를 위해 꾹 참았다. 얼마간 시간이 지난 후. 어른들이 속을 태우고 영숙이 그토록 바랬기 때문일까. 해산하는 날. 계속되는 진통이 멈추고 아이가 나오자 '난 살았구나' 하는 생각을 하기 바쁜 영숙의 귀에 들린 것은 반가운 소식이었다.

"이놈 좀 봐라. 아들이구나. 고추야!"

시어른들의 기뻐하는 목소리가 아스라이 들려왔다. 영숙은 저절로 안도의 숨이 내쉬어졌다. 아들을 낳기 위해 그동안의 고생, 어른들의 모진 말들이 한꺼번에 보상받은 느낌이었다. 그제야 영숙은 마음을 놓았다. 그 뒤로 영숙은 다시 한번 딸을 낳았다. 시어른들은 영숙 앞에서 친정어머니를 닮아 영숙이 듣는 앞에서 계속 딸만 낳는다며 불만을 터트렸다. 하지만 영숙은 아랑곳하지 않았다. 일이 너무 바빠 막내딸을 제대로 돌보아 주지는 못해도 영숙의 마음 한구석은 따뜻한 햇볕으로 가득했다.

아이들을 생각하면 무엇이라도 할 수 있을 것 같았다.

## 할머니 돌아가시다

'아. 벌써 결혼을 한 지 십 년이 흘렀구나. 내가 쓴 일기장의 권수도 이렇게 많아졌네.'

영숙은 괜스레 탁자에 엎드려 옆에 쌓아둔 일기장 권수를 세 보았다. 참 많았다. 생각했던 것보다 많았다. 결혼생활을 하며 힘든 일을 견디고 이겨내 보려고 쓰기 시작한 일기였다. 이렇게 많아지다니. 영숙은 자신도 모르게 뿌듯한 마음이 생겼다.

영숙의 친정은 서울로 이사했다. 어린 영숙의 동생을 공부시키기 위해서였다. 솔직히 영숙은 서운한 마음보다도 후련한 마음이 더 컸다. 그동안 친정의 일손이 부족하면 영숙은 그때마다 달려갈 수밖에 없었다. 그러면서도 집안일을 소홀히 할 수가 없었다. 몸이 두 개라도 모자랐다. 친정은 영숙의 짐이나 다름없었기에 친정의 이사로 마음이 편해졌다.

하지만 마냥 기쁘지만은 않았다. 당연히 어머니와 어린 동생이 보고 싶었다. 하지만 영숙은 그러려니 한숨을 내쉬고 일기장을 덮었다. 농촌에서 해야 할 일은 너무나도 많았기 때문이다.

'얼른 농사를 지어야겠다. 그래야 어머니도 보고 동생도 보고. 친정집을 갈 수 있지.'
　영숙은 괜스레 일기장의 표지를 쓸어내리며 마음을 다잡았다.
　그러나 마음처럼 농사는 금방 끝나지 않았다. 자고 일어나면 영숙을 가장 먼저 반기는 것은 해야 할 일들이었다. 비가 오는 날에도 쉬지 못하고 우비를 쓰고 일을 했다. 영숙의 바람이 이루어진 것일까. 농사가 끝나갈 무렵이었다. 아버지의 생신을 쇠러 서울에 갈 수 있게 되었다.
　영숙은 오랜만에 만나게 된 가족들이 반갑고 기뻤다. 동생의 공부가 힘들지는 않은지, 부모님은 건강하신지 유심히 살폈다.
　'열심히 공부하고 있었구나. 나도 진학을 하고 싶었는데. 하지만 나에겐 자식들이 있으니까. 그 애들이 나를 대신해 열심히 공부할 수 있도록 내가 노력해야지. 그래, 조금 더 열심히 일해서 자식들을 공부시키러 서울로 올려보내야겠다.'
　영숙은 그리 작정하고 할머니를 보았다. 그런데 영숙은 할머니를 보자마자 망치로 뒤통수를 얻어맞은 듯 머리가 멍해졌다. 아득해지는 정신을 붙잡았다. 영숙은 엄마의 거칠어진 손으로 할머니의 주름지고 가냘픈 손을 꼭 쥐어 보았다. 할머니가 야위어 있었다.
　"너와 어린것들이 얼마나 보고 싶었는지 아느냐? 좀 왔다 가지."
　할머니의 주름진 얼굴에 활짝 피어난 미소가 영숙의 마음을 더 아프게 했다. 영숙은 무거워지는 마음을 내리누르며 고개를 끄덕였다. 할머니는 서울 생활은 익숙하지 못한 것 같았다. 영숙은 그날 밤 할머니가 신경 쓰여 옛날에도 그랬던 것처럼 재미난 이야기로 할머니와 함께 밤을 지새웠다.

그다음 날 할머니는 자리에서 일어나지 못했다. 갑작스러운 일이었다. 한약을 달여 먹어도 계속 끙끙 앓기만 했다. 영숙의 마음도 할머니처럼 앓는 것 같았다. 할머니는 몸이 아파 고통스러워하면서도 애써 자리에서 일어났다. 자신의 치마 속 주머니에서 무언가를 꺼내더니 영숙의 손을 잡아당겨 쥐여주었다. 돈이었다.

"내가 시골에 가게 되면 너랑 어린 것들 과자 사다 주려고 한 건데 이제는 못 갈 것 같아서 주는 거다. 사양 말고 받아라. 할머니 마지막 소원이니."

할머니의 얼굴에 핀 미소는 밝지가 않았다. 미소가 점점 바래져 가고 있었고 영숙의 마음은 길을 잃은 아이처럼 불안했다. 할머니가 가장 사랑하던 이 손녀딸은 흐르는 눈물을 참지 못하고 결국 입을 열었다.

"할머니 무슨 말씀이세요. 꼭 오셔서 더 맛있는 거 사 주셔야 해요. 약 잘 드시면 꼭 그럴 수 있을 거예요."

영숙은 고향으로 돌아갔다. 하지만 할머니를 위해 긴 편지를 보내는 것밖에 할 수 있는 것은 없었다. 영숙의 일기장에는 점점, 할머니에 대한 걱정과 애틋한 사랑이 담긴 글이 많아졌다.

얼마 후 영숙은 일기장 앞에서 충혈된 눈으로 아무것도 쓰지 못했다. 맥없이 얇은 일기장 종이를 팔랑팔랑 넘기기만 했다. 밭에 거름을 내고 고랑을 내며 일할 때 편지가 날아왔다.

할머니가 돌아가셨다는 전보였다.

'그래도 써야 해.' 영숙은 슬픈 마음을 연필로 꾹꾹 눌러 담으며 일기장에 한 자 한 자 채워나가기 시작했다. 결국, 울음을 터뜨리고 말았지만 일기 쓰는 일을 멈추지 않았다.

그것만이, 쓰는 것만이, 써서 남기는 것만이 할머니를 기억할 수 있는, 애도할 방법이라고 생각하고 쓰고 또 썼다.

## 일기장

 순조롭게 막내아들을 낳은 영숙은 '어머니'라는 단어의 무게감을 기꺼이 짊어져야 한다고 생각했다. 아이를 더 낳을 마음은 딱히 들지 않았다. 아들 둘, 딸 둘, 네 아이의 어머니가 된 지금, 영숙은 누구보다 행복했다. 영숙의 일기장에도 아이들의 커가는 내용이 언제나 담겨 있었다. 일이 너무 바빠 아이들을 제대로 뒷바라지해 주지 못했다. 하지만 어머니인 영숙의 눈에 자식들의 재롱이 예쁘게만 보였다.
 때로는 남편에게 일기장의 내용을 보여주며 자식들의 재롱을 되새기곤 했다. 남편은 영숙이 일기를 쓰는 것을 두고 무어라 하지 않았다. 오히려 매일 힘들게 일을 하는 데도 하루도 빠짐없이 일기를 쓰는 아내가 대단하다고 생각했다. 거기에, 하루 동안 자식들이 어떻게 지냈는지 기록해 보여주니 자식에 대한 사랑이 점점 더 애틋해져 가고 있었다.
 "하여간 당신도 대단해. 어떻게 이렇게 일기를 쓸 생각을 했담? 거기다 하루도 빠지지 않고 썼지. 아이구 그런데 오늘 동준이가 이렇게 재롱을 부렸단 말이야? 당신한테만? 말도 제대로 못 하는 애가 노래를 흉내 내기도 하다니. 제법인데? 역시 내 자식이란 말이지. 아니 그런데, 이 아비한테도 보여줘야지 어미한테만 보여주면 돼냐 이놈아!"

영숙의 남편은 그렇게 말하면서도 기분 좋게 웃었다.

하지만 언제나 즐거운 일만 일어나는 건 아니었다. 영숙은 이제 형편이 제법 나아졌다고 생각했다. 한숨 돌려도 될 것 같다고. 풍년이 잘 들어 다행이었고 곡식도 금방 쌓였다. 그러자 남편은 이제 새로운 생활을 꿈꿔도 좋겠다고 생각했다. 그것은 영숙도 마찬가지였다. 집터도 사고 새로 집도 짓고. 영숙은 계획을 세우는 것만으로도 큰 기쁨이라 여겼다. 작은아버지를 통해 큰맘 먹고 아이들과 함께할 미래를 위해 투자를 했다.

하지만 사기를 당하고 말았다. 작은아버지의 친구분이 주선한 일이었는데 일 년이 지나도록 연락이 오지 않은 것이다. 작은아버지는 영숙의 닦달에 친구가 흔적도 없이 사라졌다는 사실을 얘기하기에 이르렀다.

"이를 어쩌니. 너에게 미안하다는 말뿐이구나. 나도 그 사람이 이렇게 배신할 줄은 몰랐는데. 못 믿을게 사람이라지만 그 친구는 그럴 사람이 아니었는데. 그렇게 자취를 감춰버리다니."

영숙은 털썩 주저앉아 울부짖었다. 작은아버지를 다그치고 원망해 보았지만 결국 해결되는 건 없었다. 거기다 외사촌에게 빌려주었던 돈도 받지 못한 채 외사촌마저도 조용히 사라지고 말았다. 그즈음 영숙은 일기장에 무엇을 써야 좋을지 갈피를 잡지 못했다. 사람이라는 게 이토록 믿을 수 없는 것이었다니! 영숙은 세상을 좋게만 바라보던 자신이 한심했다.

'하지만 이대로 넘어질 순 없어. 아니, 이미 넘어졌으니 다시 일어나야 해.'

그건, 영숙의 곁에 잠들어 있는 아이들의 모습을 다짐했다. 영숙은 어떻게 해서든지 다시 일어서야 한다고 생각했다. 이럴수록 더 열심히 살아야 한다고. 영숙은 지칠 대로 지쳐버린 마음을 다시 다잡고 연필을 깎아 천천히 일기장을 넘겼다. 더 열심히 살아야 한다. 아니, 더 열심히 살 것이다.

'그 어떤 두려움도 모두 견딜 수 있다. 내 자식들을 위해서라면.'

영숙은 꾹꾹 굳은 다짐을 눌러 쓰고 일기장을 덮었다. 여전히 미래가 두렵긴 했지만 쓰고 나니 훨씬 용기가 생기는 것 같았다. 나는 잘 살아 낼 것이다. 나는 이겨낼 것이다. 아이들을 위해. 일기장을 덮고 나서도 네 아이의 어머니는 몇 번이나 다짐하고 다짐했다. 이대로 꺾이지 않겠노라고.

## 새마을 운동

밭에서 땀을 흘리며 나온 영숙은 허리를 곧게 펴고 마을을 둘러 보았다.
'그러고 보니 참으로 많이도 변했군.'
마을을 덮고 있던 초가집 지붕들은 더 볼 수가 없었다. 전부 슬레이트 지붕으로 개량했기 때문이었다. 거기에 냇가의 나무다리도 없어지고 콘크리트 다리가 놓였다. 꼬불꼬불하던 길들은 말끔하게 다듬어져 쭉 뻗은 직선 길이 되었다. 밭둑 길이 넓혀지고 경운기가 들어 다니기 시작했다. 영숙은 부녀회에 가입 했다. 정부에서 시작한 새마을 운동이었다. 부녀회는 필수 조직이었다. 그렇기에 반드시 참여해야 했다. '덜 먹고 덜 쓰자' 라는 취지에서 시작한 운동에 부녀회의 회원들은 한 숟가락씩 쌀을 가져와 쌀독에 모았다. 이렇게 모인 쌀이 한 가마니가 되었고, 곧 돈이 되었다. 부녀회에서 모은 돈으로 가정마다 새로 사들인 이불들을 볼 때마다 이루 말할 수 없이 뿌듯했다. 영숙은 이 모든 변화가 아직 낯설게 느껴지면서도 신기하고 참으로 편리하다고 생각했다. 매일 밤 촛불 아래서 쓰는 일기도 마을의 변화를 자세히 그려내기 시작했다. 어떤 날에는 초가지붕이 쓸려 내려오고 슬레이트 지붕이 올라가고 어떤 날에는 부녀회에서 쌀을 판 돈으로 저축하기도 했다. 영숙은 자신이 쓴 일기에 정부 계획이 어떻게 실천되고 있는지를 담을 수 있어 스스로가 대견하기도 했고, 정부 계획을 더 잘 이해할 수 있기도 했다.

마을이 변화하면서 영숙의 마음에도 몽롱한 바람이 불어왔다. 돈을 더 많이 벌 순 없을까? 가족들을 위해, 어린 자식들을 조금이라도 이 가난에서 벗어나게 해 주기 위해 영숙이 고민했던 것은, 더 많은 돈을 벌 수 없을까 하는 것이었다. 영숙은 처음으로 판매 일을 결심했다. 마침 화장품 외판원 일이 들어와 영숙은 화장품이 가득 든 가방을 들고 집집을 돌아다니기 시작했다. 하지만 그것도 쉽게 할 수 있는 일은 아니었다. 고운 모습으로 가방을 들고 다녀도 대문을 두드리기가 어려운 일이었다.

'그래, 뭐. 일이 처음부터 어디 쉽겠어?'

하지만 영숙의 실적은 늘 제자리걸음이었다. 일기에 매일 얼마를 팔았는지 귀퉁이에 소상하게 적어놓고 미비점을 분석하고 보완하려고 노력했다. 하지만 더 나아지지 않았다. 결국, 외판원 일을 그만두었다. 지금 하는 일을 열심히 하는 것만으로도 충분하다고 생각으로 결단을 내린 것이다. 남편은 우직하게 농촌 일에 전념하기 마음먹은 영숙을 보며 만족해했다.

하지만 더 큰 변화는 따로 있었다. 영숙은 일기를 쓰려고 더는 촛불을 켜지 않아도 되었다. 온 동네에 전기가 들어오게 되었다. 스위치를 켜면 새로 설치한 등은 천천히 깜빡이다가 불이 들어왔다. 가족들은 그 광경을 지켜보며 우와- 하고 신기해했다. 거기에 마을에서 제일 잘 사는 집은 텔레비전을 들여놓았다. 영숙과 가족들은 염치 불고했다. 티브이가 설치된 집에 찾아가 시청했다. 어떤 때에는 연속극을 할 때도 있었고 노래도 하고 춤도 추었다. 넋을 빼놓고 보다 보면 누군가가 "이거 마술상자네, 정말" 이라고 말했다. 영숙은 아이들이 매일 티브이를 보러 가자고 조르는 모습에 마음이 흔들렸다.

'그 집, 매일 티브이를 보러 온 사람들이 장사진을 치는 바람에 힘들어 보이던데. 미안한걸. 이참에 우리 애들도 원하고 티브이를 들여놔볼까?'

큰맘 먹고 들여놓은 티브이는 결국 영숙을 귀찮게 했다. 사람들이 장사진을 치게 된 또 다른 집이 되었기 때문이었다. 청소도 많이 해야 했고 사람들의 냄새도 어떻게 할 수는 없었다.

하지만 영숙은 일기를 쓸 시간만 되면 마음이 울적했다.

'오늘은 티브이에서 노래를 부르는 사람들이 나왔다. 우리 시아버지가 생각났다. 시아버지께서는 농촌마다 돌아다니던 가설극장이 오는 날이면 모든 걸 제쳐두고 구경을 하러 가시던 분이었는데. 조금만 더 살아계셨더라면 이런 좋은 구경도 하실 수 있었을 테고.'

여기까지만 썼는데도 영숙은 눈물을 흘렸다. 볼을 타고 내려온 눈물은 일기장에 번져 결국 눈물 자국이 났다. 영숙의 시아버지가 돌아가신 지 얼마 되지 않았었다. 어디가 크게 아프시지도 않으시던 분이 어느 날 갑자기 피를 토하시더니 그렇게 돌아가셨다. 고집이 센 사람이기는 했다. 하지만 마음은 참 따뜻한 시아버지였다. 영숙은 세상이 좋아지면서 즐길 수 있게 된 것들을 시아버지 없이 누리게 된 것이 못내 미안했다.

더 쓰지 못한 일기장을 덮고 전등을 끄고 그대로 잠이 들었다. 시아버지에 대한 죄책감은 사라지지 않았으나 영숙은 일찍 잠자리에 들어야 한다고 생각했다. 세상을 떠난 시아버지를 위해서라도 더 열심히 살아야 한다고, 그렇다면 건강하게 내일을 맞아야 하니까. 그리고 영숙은 다음날 일기를 조금 더 많이 쓰겠다고 다짐했다. 시아버지의 흔적을 남기고 영숙의 다짐을 다시 새롭게 다지기 위해서라도 말이다.

## 가게 운영

해가 거듭될수록 영숙의 몸은 점점 쇠약해졌다. 서랍 안에 넣어둔 일기장의 페이지 수도 조금씩 줄어들었다. 영숙은 열심히 밭을 돌보다 겨우 허리를 펼 때면 머리가 띵- 해오는 것을 느꼈다. 빈혈이 있나. 어머님도 연로하여 더는 농사일이 쉽지가 않았다. 남편도 다르지 않았다. 그사이 공부를 위해 서울에 올려보낸 큰아이 둘을 떠올리면 일을 멈출 수가 없었다. 하지만 하루가 끝나고 돌아오면 항상 녹초가 되었다. 세 식구는 아무것도 못 하고 쓰러져 잠이 들고 말았다. 이런 생활을 계속해야 하는지 항상 고민이었다.

그러던 영숙의 가족에게 좋은 기회가 찾아 왔다. 남편이 군의관 출신이었다. 군 시절, 군의 학교를 나와 군의관 내에서도 약 제조하는 곳에서 근무했었다. 그렇기에 남편은 마을 약방을 경영할 수 있게 되었다. 약사 면허증이 없이도 지정 약포를 운영할 수 있었다. 그렇기에 영숙과 남편은 이 기회를 잡자고 생각했다. 물론 두렵기도 했다. 새로운 일을 시작한다는 것에는 항상 그만큼의 부담이 따르기 마련이니까. 하지만 망설이지 않고 약방을 운영하기로 마음먹었다. 그리고 어린 두 아이도 서울로 유학 보냈다. 아이들 공부만큼은 그 어떤 일보다 최선을 다해 뒷바라지하고 싶었다. 그것이 영숙이 생각하는 바른 부모의 상이었다.

영숙은 수술해야 했다. 그러면서도 약방문을 열었다. 하지만 생각처럼 쉽게 나아지지 않았다. 영숙은 꼼꼼하게 매출을 계산했고 심지어 일기장에도 매출이 얼마나 올랐는지 적는 날이 있었다. 하지만 그다지 큰 이득이 없었다. 돈을 벌 수 있을지 의문도 생겼다. 그러나 이미 약방은 차린 후였다. 자리에 누우면 생각이 꼬리에 꼬리를 물어 잠이 잘 오지 않았다. 그러나 이미 어쩔 수 없는 일이었다.

"그래도 우리 애들 생각하면 열심히 해야지. 이왕 시작한 거, 잘 해봐야 하지 않겠어? 아직 처음이라 이렇게 힘든 걸 수도 있어. 조금만 힘을 내보지."

"알고 있어요. 얼른 자요. 그래야 내일 또 가게 문 열지."

영숙과 남편은 매일 새롭게 마음을 다잡아야 했다. 영숙은 가끔 서랍에 넣어 둔 일기장을 들춰 보았다. 도대체 마음을 다잡는 일은 언제 끝이 나는 걸까? 아이들을 초등학교에 보내고 나도 항상 새롭게 인생을 사는 것처럼 그렇게 하루를 시작해야 했다. 하지만 영숙은 쉽사리 기죽지 않았다. 더 열심히 하기로 마음먹었고, 정말 열심히 할 것을 다짐했다.

이웃집 사람들이 하나둘 짐을 날라다 주었다. 이웃집 덕분에 이삿짐을 수고스럽게 모두 나르지 않아도 되었다. 이웃에게 고마웠다. 약방으로 집을 이사할 수 있게 된 영숙의 가족은 이웃 주민들에게 팥죽과 술을 대접했다. 사람들은 즐거워하며 먹고 마시다 돌아갔다.

영숙의 남편은 이장이었기 때문에 가게를 볼 수 없었다. 매일 밖으로 나가 이장업무에 바빴다. 영숙은 또 가게 일도 있고 마을 주민들의 전화가 모두 약방으로 왔다. 약방에 틀어박혀 옴짝달싹하기 힘들었다. 아직 마을 사람들의 집마다 전화가 설치되지 않았기에 영숙네 약방은 동네 전화국 역할을 해야 했다. 그러므로 영숙은 전화가 걸려 올 때마다 바쁠 수밖에 없었다.

또 다른 변화도 있었다. 손주들이 모두 서울로 떠나 적적함을 느끼던 시어머니가 서울로 올라가게 되었다. 손주들이 그리워 매일 밤 울며 하루를 지새우던 시어머니였다. 그렇기에 손주들 옆에 있게 하는 것이 효도라고 생각해 내린 결정이었다. 대신 영숙의 친정어머니가 시골로 내려왔다. 영숙은 은근히 어머니의 눈치가 보였다. 우리 부부가 열심히 산다는 걸 보여드리고 싶어 보다 더 열심히 일했다.

거기에 영숙과 남편은 오랜 시간 고민 끝에 가게를 하나 더 차리기로 했다. 마을에 작은 구멍가게를 냈다. 영숙은 매일 밤 일기도 쓰기도 하지만 가계부를 알뜰히 적어 넣어갔다. 약방을 시작하며 가계부를 써야 한다는 걸 절실히 느꼈기 때문이다. 다 망가진 상판을 고쳐가며 물건을 채워 넣고, 무거운 음료수와 술도 진열했다. 가게로서 완벽한 모습이었다. 하지만 모든 게 마음대로 되는 건 아니었다.

"이게 지금 뭐 하는 짓이요! 댁들 때문에 우리가 장사가 되질 않어. 다들 여기 와서 물건을 사는데 우리가 어떻게 장사를 합니까! 어디 한 번 두고 봅시다!"

"무얼 두고 보나요. 우리도 먹고살자고 하는 건데 어떡합니까!"

구판장을 운영하는 집에서 자꾸 시비를 걸어왔다. 영숙은 속이 상했다. 그러나 구판장을 운영하는 사람들에게 미안한 마음이 없지 않았던 터라 더는 뭐라 말을 할 수가 없었다. 그래도 가게를 새로 열어이 사람 저 사람들이 찾아와 물긴도 사고 축하를 해주어 온종일 정신이 없었다. 영숙은 약방 뒤에 있는 집으로 들어가 일기장을 펴놓고 기분 좋게 웃었다. 가게가 생각보다 잘 되는 것 같아 마음이 흐뭇했다. 밤 열두 시가 넘어서야 가게를 닫을 수 있었지만 그래도 마음은 흐뭇하고 좋았다.

'내일은 더 열심히 일해야지. 장사가 더 잘 되었으면 좋겠는데. 힘들어도 어쩔 수 없지. 아. 남편이 조금 도와주면 얼마나 좋을까. 하지만 남편도 일을 안 하는 게 아니고 이장 일을 하니까. 이렇게 일하다 보면 우리 애들에게 학교 등록금도 내줄 수 있고, 우리 형편도 괜찮아지겠지.'

영숙은 일기장에 새로운 다짐을 쓰고 가계부를 정리했다. 아무리 늦은 시간이라도 졸린 두 눈을 비비고 열심히 매출을 정리하다 보면 새로운 희망이 솟아나는 걸 느꼈다. 일기도 마찬가지였다. 일기를 쓰고 나면 항상 다음날은 희망으로 다가왔다.

그렇게 삶에 대한 희망이 커질 때 영숙은 대회에 나가게 되었다.

## 웅변대회 참가

또래 학생들은 또랑또랑한 목소리로 각자 준비해온 연설문을 읽어내려가며 목청을 높여 웅변했다. 영숙은 가슴이 떨렸다. 영숙의 차례에 가까워질수록 손에서 팬스레 땀이 흐르고 심장이 쿵쾅거렸다. 괜히 나온 것 아닌가 싶었다. 도망치고 싶었으나 다른 한편에서는 우승에 대한 욕망이 불타올랐던 일이 있었다.

어느 날이었다. 이장 일을 마치고 온 남편이 빙긋 웃었다. 기분 좋은 표정으로 이리 와 앉아 보라고 했다. 평소 같지 않은 모습이라 영숙은 별일이 다 있네 싶었다. 그리고 남편 옆에 다가가 앉았다. 남편의 의도를 알아차리지 못한 채 의아하게 바라보는 영숙에게 얘기했다.

"당신, 웅변대회 나가보는 거 어떻겠소?"

"웅변대회요?"

남편의 뜬금없는 제안으로 영숙은 당황스러웠다. 아무런 얘기도 할 수가 없었다. 아니, 그 전에 웅변이라니. 학교에서 열심히 공부하던 때는 이미 먼 옛날이었다. 이제 다시 공부해야 하고 수많은 청중

앞에서 무언가를 발표해야 하는 일이었다. 몸에 일이 밴 영숙에게는 어울리지 않는 일이었다.

"어휴, 내가 거기를 어떻게 나가요! 공부를 안 한 지도 얼마나 오래인데, 다른 사람 한 번 찾아보세요."

"아니, 잘 들어보시오. 면사무소에서 추천해야 한다며 당신을 추천하길래 나쁘지 않다고 생각했지. 이장인 내가 대표로 나가기도 뭐하고, 이장 부인인 당신이 나가는 건 좋은 방법 아니오? 우리 귀래면을 빛내 줄 기회이기도 하고."

남편의 말을 들으니 맞는 말 같기도 했다. 또 다른 마음으로는 학업을 계속할 수 없어 늘 섭섭했던 마음을 조금이라도 풀어낼 것 같은 생각이 들었다.

영숙은 잠시 아무 말도 하지 않았다. 마음을 다잡아야 할 것 같았다. 군청소재지에서 하는 대회라 크게 열리기도 하겠지. 영숙은 남편의 시선에 대고 얘기했다.

"할게요."

그날부터 영숙은 웅변대회 원고를 손수 써 내려갔다. 영숙이 제일 발표하고 싶은 것은, 누군가의 아내이며 어머니로서, 모두가 어려운 형편이기에, 더 나은 미래를 위해 가정의 아녀자가 할 수 있는 게 무엇인지에 대한 것이었다. 그 누구보다 가족을 위해 열심히 살아온 영숙이 이런 어려운 상황에 도움이 될 방법을 모를 리 없었다. 영숙의 일기장에도 대회에 대한 부푼 기대와 어떻게 하면 더 좋은 웅변을 할 수 있을지에 대한 고민이 빼곡하게 적혀져 갔다. 가게를 보면서도 틈틈이 모두가 불편하지 않게 잘 알아들을 수 있는 발성을 하려 배에 힘을 주고 '아-아-' 소리 내어보기도 했다. 영숙에겐 이 모든 것들이 두려우면서도 설레었다.

　대회 당일 군청사무소에 가자 원주군 부녀회 저축회장을 만났다. 저축회장은 상냥한 얼굴로

"어떻게 오셨습니까?" 라고 물었다. 영숙은 자신감으로

"귀래면 대표로 왔습니다." 라고 말했다. 그러자 뜻밖의 말이 돌아왔다.

"다행이네요. 귀래면이 아직도 등록이 안 되어 있어 걱정했었어요. 정말 잘 되었네요. 빨리 군청으로 등록을 해야겠으니 조금 기다리세요."

　영숙은 황당하고 언짢았다. 면사무소에서는 등록조차 하지 않았다. 그러면서도 대회에 나가라고 종용했다. 영숙은 등록할 동안 잠시 대회장을 빠져나와 요구르트를 먹었다.

　'너무 기분 나빠하지 말자. 어쩔 수 없지. 이제 대회니까 마음을 추슬러야 해. 지금까지 연습했던 대로만 하면 되는 거야.'

　마음을 다잡고 대회장으로 들어서자 행사 준비가 끝나고 심사위원들이 하나둘 입장하기 시작했다.

　'다들 너무 잘하는데. 내가 맨 처음이 아니라서 얼마나 다행인지.'

　제비뽑기 결과 영숙은 세 번째 차례였다. 일반부는 초등학생과 중등생 다음에 진행되었다. 학생들이 무척 잘했다. 영숙은 신기하기도 하고 기특하기도 했다. 덩달아 떨리는 마음이 더해져 갔다. 과연 잘할 수 있을까. 그토록 열심히 연습했으나 이렇게 많은 사람 앞에 서서 발표를 한다는 건 처음 있는 일이었다. 신경이 여간 쓰이는 일이 아니었다. 실수라도 하면 어쩌나 싶어 주눅이 들기도 했다.

영숙의 차례가 되었다. 이름이 호명되자 영숙은 떨리는 마음으로 단상에 올라갔다. 그러자, 거짓말처럼 떨리던 마음은 온데간데없고 마음이 담담해졌다. 아무 생각이 들지 않았고, 저 멀리 앉은 사람들까지 잘 보였다. 영숙은 느낌이 좋다고 여기며 발표를 시작했다. 주제는, <슬기로운 주부가 되자>였다.

만장하신 여러분!
 에너지 파동은 세계적으로 물가고 수준의 파동을 일으킨 것입니다. 보십시오. 석윳값이 대폭 인상됨에 따라 등유를 한 달에 20리터 쓰는 가정에서는 840원에 추가 부담을 갖게 되며 전기료 100kW 미만을 사용하는 가정에서는 35% 인상을 가져 왔습니다. 또한, 정부미 값 또한 20%가 인상됨에 따라 60kg의 쌀을 소비하는 경우 삼천 원이나 추가 부담을 해야만 합니다.
 이러한 물가 인상을 당한 서민들은 정말 앞으로 '어떻게 살아야 하나' 하는 생각에 부딪히고 있습니다. 물가 인상에 따른 서민 가계부 부담을 줄이기 위해 정부에서는 소득세의 종합 대책을 마련했으나 고정된 저소득으로 빠듯한 가계를 꾸려나가는 일반 가정에서는 아직도 물가 인상의 혼란 속에서 벗어나지 못하고 있는 형편입니다. 이러한 진통은 개발도상국은 물론이요, 선진국에서도 겪어야 하는 것으로 미루어 보았을 때 우리는 산유국의 횡포에 원망하기에 앞서 우리 국민은 물가의 상승을 극복하는 지혜를 찾아내어야 하고 정부 당국에서는 고급 두뇌를 동원하여 대체 에너지 개발에 힘써서 산유국에 횡포를 하루 속히 극복해 나가야 하겠습니다.
 물가가 올라 비록 가게에 적자 주름투성이고 시장 가기가 겁난다

해도 가족들의 건강을 소홀히 해서는 안 되며 자기만이 피해를 안 보려는 생각에서 당장 필요치도 않은 물건을 사서 싸 놓는 풍조는 물가 상승을 부채질하는 요인이 됨으로써 주부 스스로 불매 운동을 해서라도 물가 안정에 슬기롭게 대처해 나가야 하겠습니다. 이런 때 일수록 물가의 상승을 이겨내는 지혜를 짜내야 하는 우리 주부들은 절약하고 검소한 생활을 하는 길밖에 없으며 최저 생계비를 계산하는 데 열과 성의를 다하여 소비절약과 불매 운동을 생활화하여 소비가 미덕이란 그날까지 허리띠를 졸라매야 한다고 생각합니다.

지난 제헌절 경축사를 통해서 박정희 대통령께서는 말씀하시기를 "우리는 과거 몇 갑절이나 더 한 고난과 역경에도 굴하지 않고 오히려 이를 약진에 발판으로 삼았던 민족이요 슬기와 저력을 가진 국민이다."

라고 말씀하셨습니다.

그렇습니다. 우리는 오늘의 시련을 슬기롭게 극복하여 약진에 발판으로 삼기 위해서는 나라는 나라대로 기업은 기업대로 서민층은 서민층대로 시대적 사조에 발맞추어 소비 절약 운동을 범국민적으로 전개하여 풍요한 사회와 번영된 국가 건설에 줄기찬 노력을 기울입시다.

끝으로 우리 주부들은 가계를 효과적으로 끌어나가기 위해서는 합리적인 가계 운영이 필요합니다. 가계부를 꼭 쓰도록 하여 지출액을 정해놓고 불필요한 낭비를 막는 것이 시급한 문제입니다. 소비에 유동성이 있는 비목을 가려 식비에서는 간식비, 보건 위생비에서는 이발비, 미장원비, 주거 광열비에서 전기료 등에 비목은 절약에 여지가 있는 것이며 교통비에서도 불필요한 외출 금지로 교통비를 최대한 줄일 수 있는 슬기로운 알뜰 주부가 됩시다.
　감사합니다!

　청중들에게 인사를 하고 단상을 내려온 영숙은 홀가분했다. 자신의 차례였기 때문이었을까 유난히 청중들의 박수가 더 크게 느껴졌다. 영숙은 스스로가 대견했다. 떨지 않고 하고 싶었던 말을 잘하고 내려왔기 때문에 마음이 뿌듯했다.
　육군 소령의 찬조 웅변을 끝으로 시상식이 있었다. 영숙은 은근 기대했다. 수없이 연습했던 시간도 있었고, 그만큼 웅변을 잘했다는 느낌도 생겼다. 영숙은 살짝 고개를 숙이고 발표 결과를 들었다. 일반부의 시상이었다. 입상, 우수상. 영숙의 이름은 호명되지 않았다. 왠지 서운했다. 나름으로는 잘했다고 생각했는데, 아니었나.
　"최우수상, 최영숙 씨." 영숙의 수그러졌던 고개가 저절로 들어 올려졌다. 어안이 벙벙했다. 정말인가? 정말 내 이름인가? 너무 놀라 대답도 할 수 없었던 영숙은 한 번 더 이름이 호명되자 대답하며 앞으로 나아갔다. 현기증을 느끼며 단상에 올랐다. 상장과 부상으로 벽시계를 받았다. 큰 것은 아니었으나 너무 기뻤다. 쏟아지는 박수갈채 속에서 상장과 벽시계를 들고 청중들에게 인사를 하는데 모두가 활짝 웃고 있었다. 영숙은 쑥스럽고 부끄러웠으나 기쁜 마음이 훨씬 더 컸다.
　집으로 돌아와 면사무소로 향했다. 면장과 조합장을 만나야 했기 때문이다. 영숙의 손에 든 상장과 부상을 보며 총무계장이 궁금한지 물었다.
　"어떻게 되셨습니까?"

"예, 최우수상을 받았어요."

"정말이요? 참으로 잘하셨습니다!"

총무계장에게 상장과 부상을 보여주자 감탄하며 활짝 웃었다. 면사무소의 사람들은 귀래면을 빛내준 사람이라며 크게 한턱내라며 장난을 걸었다. 집으로 돌아와 남편에게 말하자 남편 또한 장한 일을 해냈다며 입이 귀에 가 걸렸다.

'살아있다는 게 이런 느낌일까? 어느 누가 촌 아낙인 내가 이렇게 상을 받을 거라는 생각했을까? 초등학교 시절에는 그렇게 상을 많이 받아도 별 느낌이 없었는데 왜 지금은 상장 하나 받은 것뿐인데 이렇게 기쁘고 뿌듯할까.'

새 구두를 신고 종일 돌아다녀 피곤한 다리를 주무르며 일기를 마저 써 내려갔다. 영숙은 일기를 많이 쓰다 보니 웅변원고를 잘 쓰게 된 것으로 생각되었다. 그러자 일기장이 예전보다 더 소중하게 보였다. 영숙에게 웅변은 야릇한 충격이었다. 영숙은 스스로 존재가 어떤 것인지 느껴졌다. 들판에 수없이 많이 피어 있는 들꽃은 쉽게 눈에 띄지는 않는다. 하지만 가만히 들여다보면 볼수록 밝게 빛나고 있음을 알 수 있다. 자신은 그런 꽃과 같은 존재라고 여겨졌다.

## 듬직한 아들

　추석이 왔어도 영숙의 집은 조용하기만 했다. 서울에 사는 아이들이 내려올 수 없었기 때문이다. 못내 섭섭한 마음이 들었으나 공부를 위한 일이니 어쩔 수 없다고 생각했다. 약방을 비울 수 없었던 영숙은 옆집 일을 좀 도와주고 그 집에서 아침을 얻어먹었다. 다시 약방으로 가 일을 하려니 일이 손에 잘 잡히지 않았다. 명절에도 아이들을 볼 수 없다니. 그러나 쓸쓸한 마음이 든 것도 잠시, 영숙의 마음을 덜컥 내려앉게 한 소식이 도착했다. 서울에 있는 아는 사람이 약방으로 찾아와 아이들의 소식을 들었다며 이야기를 해 주었다. 영숙은 눈에 넣어도 아프지 않은 아이들의 이야기를 들을 마음에 기쁘고 고마웠다. 하지만 좋지 않은 소식이었다.
　"몰랐군요. 글쎄, 동언이가 애들이랑 싸웠다고 합니다. 입술이 터졌는지, 병원에 혼자 가서 꼬맸다고 하더라구요. 그 어린 것이, 어머니 걱정할까 봐 아무 말도 안 했나 봐요."
　영숙은 너무 놀라 아무 말도 할 수 없었다. 아들 동언이가, 그 착한 아이가 싸웠다니. 선생님이 불러 얼마 전 서울에 올라갔던 남편이 아무 말 않고 그저 상담 때문에 부른 것이라 얼버무릴 때 눈치챘어야 했다. 하기야, 남편의 태도가 조금 이상하다고 생각하긴 했다. 영숙은 초조해진 마음을 진정하며 겨우 말했다.

"감사합니다." 영숙은 가게를 비우고 당장에라도 서울로 올라가고 싶었다. 그러나 그럴 수는 없었다. 영숙의 마음은 까맣게 타들어 가고 있었다. 그러는 그런 영숙의 사정을 모르는 남편은 추석날에도 이장업무를 처리하느라 늦는 줄을 모르고 있었다.

저녁이 되어서야 돌아온 남편이었다. 화가 났다. 화를 내 동언이 애기를 꺼냈다. 그러자 남편은 어쩔 수 없다는 듯 입을 열었다.

"이왕 알게 되었으니 다 이야기하리다. 당신이 걱정할까 봐 아이들이 비밀로 하자고 해서 그런 거니까 너무 화내지 마시오. 동언이가 저녁을 먹고 만화 가게로 만화책을 빌리러 가는데 이상한 아이들이 오더니 돈을 달라고 해서 없다 하니, 갑자기 사이다병으로 내리쳐서 입술이 터지고 피가 솟구치어 급한 마음에 병원에 갔다는 것이에요. 병원에 가서 입술을 꼬매고 응급처치를 하고 나니 치료비가 없어 집으로 전화를 해서 돈을 냈는데 그 모습을 본 가게 주인이 신고해서 동언이에게 피해를 준 아이의 부모를 만나 합의도 보고 그러느라고 내가 올라갔었다오."

영숙의 마음속에 끓어오르던 화는 어느새 잠잠해졌다. 대신, 마음이 미어지게 아팠다. 싸운 것도 아니고 일방적으로 당한 것이었구나. 거기에, 어두운 밤길을 부축해주는 사람도 없이, 그 어린 게 얼마나 놀라고 무서웠을까, 피를 흘리며 병원에 뛰어가는 모습을 상상하자 머리가 아찔했다. 어린 자식들을 객지에 보내 놓고 다칠까 걱정하던 영숙은 결국 이런 일이 일어났다는 사실에 마음이 아팠다. 괜히 아이들을 서울로 올려보낸 것인가 싶었다. 영숙의 일기장에는 당분간 아이들에 대한 걱정이 가득해졌다. 아들 동언이가 오기 전까지는 말이다. 추석이 한참 지난 후에야 동언이는 집으로 내려왔다. 동언이는 아직 다 아물지 않은 입술을 보며 영숙이 결국 눈물을 흘리자
 "어머니 울지 마세요. 이제는 다 나은걸요."
 라고 말하며 씩씩하게 웃었다. 영숙은 아들이 대견하고 자랑스럽기도 하고, 미안한 마음도 너무 커 아이를 끌어안고 울었다.
 자식들은 영숙에게 이 세상을 살아가는 이유였다. 영숙에게는 언제나 즐거운 일이 일어나는 건 아니었다. 모든 걸 다 포기하고 싶어지는 순간도 너무 많았다. 그 순간마다 영숙이 쓰러지지 않도록 영숙을 지탱해 주었던 것은, 다름 아닌 아이들이었다. 아이들을 떠올리면 그래도 더 힘든 고난까지 견뎌낼 수 있다고 믿었다. 매일매일 일기를 쓰면서 아이들을 위해서라도 쓰러지지 말자고 다짐했는데. 이렇게 아이가 다치다니. 영숙은 부모 노릇을 제대로 하지 못하는 것만 같았다. 아이들에게 미안하고 가슴이 저렸다.
 하지만 오히려 동언은 씩씩한 모습을 보여주고 있었다. 듬직하고 든든했다. 영숙은 그런 아들을 보고 그만 울기로 했다. 어떻게 해서든 아이들이 학업을 계속할 수 있도록 열심히 일하는 것이 영숙의 의무라고 여겼다. 영숙은 자리에서 일어나 동언이를 위해 밥을 지었다. 오랜만에 맛있게 먹고 서울로 돌아가 동언이의 상처도 낫고, 공부도 열심히 하길 바라는 마음뿐이었다.

# 사기

 매출은 생각하는 만큼 확확 오르지 않았다. 영숙은 어떤 것도 노력 없이 결실을 볼 수 없구나 하고 생각했다. 가끔은 다시 농사를 지을까 고민했지만 이미 차린 가게를 작파하기에는 투자가 너무 많았다. 게다가 소소한 사건들이 있었기에 가게는 조용한 날이 없었다.
 혼자 가게를 보던 날이었다, 얼었던 땅이 녹아내리는 계절이었다. 자가용 한 대가 가게 앞에 정차했다.
 '이런 시골에, 저런 차가 들어오다니? 누구지?'
 영숙의 생각을 읽기라도 한 듯, 자가용에서 양복을 말쑥하게 차려 입은 두 사람이 내렸다. 그리고 영숙의 가게로 성큼 들어섰다. 영숙은 지나가는 사람인가 싶어 지켜보고 있는데, 한참 동안 가게를 둘러보다가 영숙에게 다가왔다. 그리고는
 "가게 주인이십니까?" 라고 물었다. 손님의 질문에는 답을 해야 했기에, 영숙은 얼른
 "네. 주인인데요." 하고 대답했다. 양복을 입은 이 수수께끼의 남자는 멀끔한 목소리로 말하기 시작했다.

"가게를 연쇄점으로 바꾸시 않으시겠어요? 저희는 서울에서 온 사람들인데 이런 구멍가게를 연쇄점으로 바꾸어 주는 일을 하고 있지요. 진열장부터 가게 안 구조 변경까지 깨끗하게 수리해 드리고 물건은 주류, 음료부터 생활용품 다 한 달 동안 외상으로 드리고 한 달에 한 번 직원이 내려와 팔려나간 물건값만 받아갑니다. 아마 다른 도매 장사보다는 10%씩은 싸게 주니까 손해 보는 일은 없을걸요. 오히려 자본이 작은 분들에게는 장사하기가 아주 좋지요."

남자는 말을 마치고 영숙에게 명함을 건넸다. 영숙은 더는 그들이 수수께끼의 사람들로 보이지 않았다. 오히려 이 힘든 가게 운영을 수월하게 만들어줄 해결사처럼 보였다.

"이 계약서에 도장 찍고 계약금 30만 원만 주시면 됩니다."

영숙은 천천히 계약서를 읽어 내려갔다. 하지만 남편이 없는데 혼자 도장을 찍어도 될까? 잠시 망설이는 영숙에게 옆에 있던 남자가 말을 걸었다.

"지금 계약하시면 십 일 후에 와서 내부 수리도 하고 진열장도 고급으로 해 드려요. 다른 곳에서 한 사진인데 한번 보세요. 마음에 드실 거에요."

남자가 내민 사진 속 가게는, 과연, 너무나 깨끗하고 예뻤다. 당장에라도 계약하고 싶었으나 남편이 없었기에 결국 영숙은 고사하는 수밖에 없었다.

"지금은 남편이 없어서 힘들구요, 내일 다시 오시겠어요?"

"내일은 저희가 힘들구요. 한 개 면에 세 군데밖에 안 됩니다. 정 안 되시면 오늘은 계약금 조로 10만 원만 주시고 나중에 공사 때 나머지를 받기로 하죠? 이 정도 조건이면 괜찮지요?"

그러고는 귀래면에서 계약한 명단을 보여주었다. 영숙은 얼른 세 군데 중 하나가 되어야 한다는 마음에 10만 원을 그들에게 건네주었다. 남자들은 10일 후 내부 수리 때 와서 뵙겠다는 말을 끝으로 가게를 나가버렸다.

기쁜 마음에 남편이 돌아오자 당장 이 사실을 말했더니, 예상했던 것과 다르게 남편의 얼굴이 창백하게 바뀌었다. 재빠르게 계약서를 살피던 남편이 얘기했다.

"당신. 사기 당했구만. 왜 그리 급하오. 사기꾼들이 얼마나 많은데. 그나마 계약금을 다 안 주기 망정이지, 그래, 그건 정말 다행이오."

순간 영숙의 머릿속이 새하얘졌다. 아차 하는 마음이 들었다. 10일이 지나도 그들은 찾아오지 않았다. 남편이 서울에 아이들을 보러 가는 김에 명함의 주소로 찾아갔다. 그러나 건물은 텅텅 비어 있었다. 명함 속에 있는 전화번호로 전화를 걸어도 이상한 말들만 늘어놓고 다른 말은 없었다.

영숙은 이렇게 당할 수도 있구나 하는 아연한 생각이 들었다. 도대체, 사람은 믿을 수 있는 게 아니란 말인가!

거기에 또 이런 일도 있었다.

마을 사람들의 일을 도와주었던 날, 군청 직원이 밥을 해달라 해 칼국수를 하는데 학생 셋이 가게에 조용히 들어온 것이다. 영숙은 별생각을 하지 않았다. 물을 먹고 나가기에 그냥 물을 먹고 나갔으려니 하고 생각했다.

그런데 갑자기 들어온 남편이 영숙에게 급하게 물었다.

"지금 나간 아이들 물 먹고 나갔어?"

"네. 물만 먹고 나갔는데요?" 의아한 마음이 들어 있는 그대로 말

하자 남편은 다시

"책가방을 지고 있었나?" 하고 물었다. 영숙은 무슨 일인지 궁금했지만 대꾸했다.

"예. 당연히 학생이 책가방을 가지고 다니죠?"

그러더니 남편은 자전거를 타고 가게를 나가 버린 것이다. 무슨 일인가 싶어 가게에서 남편을 기다리는데 곧 남편이 물을 먹었던 아이들을 데려왔다. 영숙은 놀라

"무슨 일이에요?" 하고 물었다. 남편은 두 손을 허리에 짚고 영숙을 보며 말했다.

"당신은 가만있어요. 자. 잘 봐요."

그리고는 백지 세 장과 연필을 가지고 돌아와 말했다.

"너희! 여기에 너희가 한 일 적어라. 우리 가게에 와서 물건 몰래몰래 집어 간 것을 모두 다 써. 솔직하게 적는다면 용서해 줄 터이고 아니면 너희 선생님한테 얘기해서 혼내 줄 거다."

아이들은 나눠 받은 백지를 들고 고개를 숙인 채 눈치를 살피기에 바빴다. 남편은 아랑곳하지 않고 "가방 안에 있는 음료수는 얼른 꺼내 놓거라." 라고 다그쳤다.

그러고 보니 책가방에 훔친 음료수가 들어있었다. 영숙은 너무 놀랐다. '이럴 수가!' 하고 저절로 탄식이 생겼다. 아이들은 천천히 백지 위에 글씨를 써 내려가기 시작했다. 사탕 한 봉지, 껌 한 통, 과자 두 봉지, 우유 세 개. 몰래 가져가도 주인이 모르니 재미가 생긴 것이다. 심지어 학교에서 선생님 몰래, 친구들에게 자랑까지 했다는 것이다. 군청 직원은 남편에게 명탐정이냐고, 경찰 일을 해보았냐며 남편의 촉감에 감탄하기까지 했다. 영숙의 생각도 별반 다르지 않았다.

"너희들이 지금까지 한 일은 처음이라 봐 주지만 다시 이런 일이 생기면 부모님과 선생님한테 다 얘기할 테니까 다시는 이런 일 하면 안 된다. 그리고 다른 아이들이 한다고 하면 말려야 해. 알았지? 그래야 나중에 훌륭한 사람도 되지. 알겠느냐?"

"네." 아이들은 주눅이 든 목소리로 대답하고 쭈뼛거렸다. 영숙은 괘씸한 마음보다도 안쓰러운 마음이 더 컸다. 남편이 아이들을 돌려보내고 어떻게 훔친 사실을 알았는지 말했다.

"가게를 하다 보면 별의별 일이 다 있죠. 아이들이 슬쩍 집어 가는 걸 몇 번 보기는 했어요. 으레 가게에 오면 무언가를 사가게 마련인데 저 애들은 대문으로 들어가서는 뒤로 돌아가기에 물을 먹고 오려는가 보다 생각했는데 한참 만에 나오는 애들이 모두 가방을 다시 메고 가는 게 아니겠어요. 대문에서 나온 애들이 매일 가던 방향으로는 안 가고 반대편 방향으로 가는데, 그 길은 사람이 다니지 않는 길이죠. 아차 싶어 대문 안에 들어가니까 음료수 세 병이 모자라는 거예요."

남편은 군청 직원의 칭찬은 아랑곳하지 않았다. 바늘 도둑이 소도둑 되는 거라며 저 아이들이 나중에 큰 도둑질을 하는 사람이 될 것을 염려하고 있었다. 영숙은 아이들이 안쓰러웠다. 영숙의 아이들 또래의 아이들이 자신의 자식처럼 느껴져 마음이 쓰라렸다. 무섭다는 생각도 들었다. 벌써 그런 물에 들다니.

가계부를 빼곡히 적어나갈수록 영숙의 가게에는 여러 가지 이야기들이 겹겹이 쌓여 갔다. 영숙의 일기장에도 별의별 이야기들이 차곡차곡 담겨갔다. 영숙은 가끔 지금까지 쓴 일기장을 들추어 보며 어떤 일이 있었는지 떠올리곤 했다. 그러다 보면 시간 가는 줄 모를 때도 있었다. 재미있었던 일을 읽으면 그때의 재미가 되살아나는 것 같고, 억울했던 일을 읽으면 다시 분통이 터지기도 했다. 아이들에 대한 사랑이 적혀 있는 글을 읽으면 서울로 간 아이들이 그리워져 눈물을 흘리기도 했다.

영숙은 본인도 모르게 스스로 영글어 가고 있었다. 가게가 영글어 가는 만큼이나.

## 친구의 한마디

 한 해가 가고 새해를 알리는 설날이 되자 영숙은 설 준비에 바빴다. 마침 서울에서 아이들이 내려와 온 가족이 함께하는 설날이어서 더 기뻤다. 물론 가게는 비울 수는 없었다. 그렇기에 형님 집에서 서둘러 아침 식사를 하고 영숙과 큰딸 선옥은 가게로 내달렸다. 설 날에도 일해야 하는 불편은 있었다. 하지만 제사를 지내는 데 필요한 재료를 급하게 구하는 손님들이 제법 많았다. 장사가 쏠쏠했다. 영숙은 장사가 잘되어 기분이 좋았다.
 설이 지나고 사람들은 각자 자신들의 삶으로 돌아가기 위해 버스에 몸을 싣고 있었다. 영숙도 집에 왔었던 친척의 배웅을 나갔다. 버스를 기다리느라 서 있었다. 낯모르는 사람이 차 안에서 손짓을 하며 부르고 있었다. 유심히 들여다보았다. 어떤 남자가 인사를 하며 아는 척을 하는 것이었다.
 "나 모르겠니?"
 낯이 익기는 했다. 그런데도 누군지 전혀 감이 잡히지 않았다, 고개를 갸웃거렸다.

"나야, 초등학교 동창 김봉팔. 그래도 기억 안 나냐?"

영숙은 그제야 기억이 났다. 반가운 마음에 함께 손을 흔들었다. 친구의 얼굴은 많이 변하기는 했었다. 그러나 여전히 어릴 때의 모습이 남아 있어 겨우 알아볼 수가 있었다. 친구는 알아보지 못한다며 장난스레 툴툴거렸고, 영숙은 그저 웃기만 했다. 그러더니 봉팔이도 영숙을 뻔히 쳐다보고는 말을 꺼냈다.

"너 많이 늙었구나. 누가 보면 할머니라 하겠다. 네 남편이 속 많이 썩이나 보다."

영숙은 별로 반응하고 싶지 않아 그냥 웃어넘기고 말았다.

동창은 한참 동안 신이 나서 얘기하더니 시간에 쫓기는 듯 작별인사를 했다. 뜻하지 않은 만남이라 반갑기는 했다. 그러나 친척이 있고 자식들도 있었다. 늙었다는 동창의 얘기가 머릿속을 떠나지 않았다. 창피스럽기까지 했다. 집으로 돌아와도 귓가에서 맴돌고 있었다. 많이 늙었다니. 물론 나이가 많이 들기는 했다. 하지만 영숙은 본인도 모르게 흘러가 버린 세월이 야속하게 느껴졌다. 서운한 마음이 사그라들지 않았다. 영숙은 남편에게 이야기했다. 하지만 돌아온 건 기대하지 않은 말이었다.

"그럼, 당신이 처녀인 줄 알았어? 사 남매의 엄마가 다 그렇지, 뭐. 그 사람 제대로 보긴 봤네. 그려."

그렇게 말하고는 웃는 것이다.

남편까지 그렇게 말하자 영숙의 마음은 갈 곳을 잃었다. 어떻게 해야 좋을지 몰랐다. 너무 속상했다. 전혀 생각하지도 못했던 먹구름이 가슴 안에 가득히 끼어들었다. 밤에 잠자리에 누운 가족들을 등지고 일기를 펼쳐 놓았을 때도 마찬가지였다.

'그동안 내가 살아온 시간은 전부 무엇이었을까. 그저 매번 어떻게든 더 나은 생활, 가족들을 위해 열심히 일만 하다 보니 나는 없어지고 말았구나.'

그랬다. 영숙에게 남은 것은 사람으로서, 여자로서, 인간으로서의 최영숙이 아닌, 어머니의 모습과 아내의 모습, 며느리의 모습뿐이었다. 서글픈 마음이 들었다. 눈가에 눈물이 맺히는 것이 느껴졌다. 영숙은 공연하게 일기장들을 펼쳐 보았다. 조금이라도 젊은 시절, 아내와 어머니가 아닌, 인간 최영숙이 기록되어 있는 과거로 돌아가고 싶었다. 이렇게 약해지다니. 약해진 자신의 모습에 나이가 들어가고 있다는 게 더욱 실감 났다. 하지만 영숙은 본인 말고도 다른 것을 일기장에서 찾아내었다.

얼마 전 딸이 오랜만에 집에 왔었다. 그때 남편은 그답지 않게 공주님 대하듯 딸을 대하고, 우리 부부 방에서 함께 자도록 했다. 생전에 그런 일이 없었던 사람인데 말이다. 시어머니도 서울로 올라가기 전, 그렇게 깔끔하고 냉정하시던 분이 손주들이 보고 싶어 하루가 멀다고 눈물을 흘렸었다. 친정어머니도 시골로 온 이후 병이 나 올케가 병시중을 해 주었다. 올케에게 얼마나 고맙던지. 거기에 어머니가 자꾸 나이가 들어간다는 게 서글펐다. 친정아버지도 마찬가지였다. 풍 기운이 있어 친정어머니의 부축을 받아야지만 움직일 수 있었고, 얼마 전 고향을 보러 와서 눈물을 흘렸다. 이제 오면 또 언제 올 수 있나 하는 마음에, 동시에 약해지고 있는 아버지 당신의 모습에 안타까움을 느꼈기 때문이다.

영숙은 더욱 서글퍼졌다. 인생이란, 조금이라도 시간을 천천히 가게 할 수는 없단 말인가. 일기장을 덮으며 모두가 나이 들고 있었다는 걸 되새겼다. 누구라도 시간의 특혜를 받을 수는 없었다. 영숙은 모든 걸 받아들이기로 했다. 아이들도 커가고 있었고, 집안의 어른들은 나이가 들어가고 있었다. 변화는, 당연했다. 가득히 쌓인 일기장들이 그 사실을 말해 주고 있었다.

## 큰딸 졸업식

중학교 가방을 메고 학교에 다니고 싶었던 게 영숙에게는 얼마나 큰 꿈이던가. 영숙은 여자라는 이유에서, 그리고 가난으로 다니지 못했던 학교를 두 딸이 대신 책가방을 메고 가는 것에 큰 기쁨을 느꼈다. 영숙과 남편이 그토록 열심히 일한 이유는 역시 자식들을 위해서였다. 가난만큼은 물려주고 싶지 않았다. 영숙은 어린 자식들이 커가는 모습을 보며, 자식들의 빛나는 미래를 그렸다. 더 나은 미래가 기다리고 있을 거라고.

그리고 드디어 큰 딸이 졸업하는 날이 다가왔다.

영숙은 일이 너무 바빠 졸업식을 가지 못했다. 서울로 올려보내 챙겨주지 못했는데 졸업식마저 갈 수 없게 되니 딸에게 못내 크게 미안했다. 인문 고등학교에 진학하지 않고 가정에 조금이라도 더 일찍 보탬이 되겠다고 상고에 진학한 효성 깊은 큰딸이었다. 영숙은 미안한 마음으로 딸에게 전화했다. 그러나 장녀인 미옥은 전혀 개의치 않으며 걱정하지 마라며 되레 위로하며 영숙의 건강을 챙겨주었다. 영숙은 자식들을 대학에 보내고 싶었다. 하지만 그럴 수 없는 본인의 능력이 서럽게 느껴졌다. 큰딸에게 죄스러웠다. 넉넉하지 못한 가정 형편에 공부도 마음껏 하게 해 줄 수 없는 데다가 졸업식마저 참석하지 못하기에 마음이 공연하게 쓸쓸했다.

저녁이 되었다. 영숙은 스스로 부모의 자격이 부족하다고 느껴져 친정어머니와 나란히 앉아 얘기했다.

"어머니 제가 어려서 그렇게도 가고 싶었던 중, 고등학교를 지금 내가 낳은 내 딸들이 졸업하니 나 대신 내 원을 풀어준 것 같군요. 그러나 또 아쉬움이 남는다면 딸애 대학을 못 보내서 또 한이 되는군요. 그래서 사람의 욕심은 끝이 없는가 봅니다."

영숙의 친정어머니는 영숙의 눈을 물끄러미 바라보다 천천히 미소 지으며 말했다.

"그러게 말이다. 나도 젊어서 너희들 공부를 못 시켜서 마음이 무척 아팠으나 아들 하나 못난 사람이 무슨 힘이 있었겠니. 정말 미안하구나. 중학교를 보내자는 말을 단 한마디도 못 해보고 살았단다. 내가 살아온 세상은 정말 사람답게 산 것이 하나도 없는 것 같구나."

그제야 영숙은 아차, 싶었다. 그저 부모로서 부족한 자신의 모습과 함께 욕심을 얘기했을 뿐인데, 그래, 어머니는 그렇게 느끼셨을 수도 있었겠구나. 친정어머니의 마음이 왜 아프지 않았겠는가. 영숙은 어머니 옆에 앉아 밤새 이런저런 이야기를 나누며 어머니가 서운하지 않도록 신경을 곤두세워 얘기했다.

서울로 올라갔던 남편이 다음 날 내려오자 영숙은 참았던 질문들을 마구 쏟아내었다. 딸애 졸업식에 가 보지 못했으니 궁금한 것들이 산더미처럼 많았다.

"그래, 어땠어요? 우리 미옥이 예쁘던가요? 씩씩하게 졸업장 잘 받고 왔지요? 사진은, 사진은요? 많이 찍었어요?"

"허, 참, 사람 잡겠소. 그럼, 잘 보고 축하해 주었지. 맨날 어린애같이 생각되던 것이 이제는 아리따운 숙녀로 사회인이 된 것이야. 우리는 애들에게 고맙게 생각해야 해. 착하고 예쁘게 잘 자라 주었고 학교생활 몇 해 동안 모범적으로 잘 졸업해주었으니 얼마나 대견스러워. 그리고 말이야 바른 말이지 우리가 아무리 어렵고 힘이 들어도 그 애가 대학에 간다고 우겨대면 보내야지 별수가 있나. 그러나 부모와 동생들 생각하고 그만두겠다니 얼마나 고마운 일이야."

남편은 껄껄 웃으며 딸애 자랑을 늘어놓았다. 물론 큰딸 미옥의 어머니인 영숙도 남편의 자랑을 익히 잘 알고 있었다. 영숙은 큰딸이 사회인이 되는 모습을 남몰래 속으로 그려보았다. 가슴이 뛰었다. 걱정되었으나 큰딸이 드디어 어엿한 사회인이 된다니. 영숙은 자신의 일기장에 딸에 대해 적어나가기 시작했다. 이 일기가 더 큰 이야기가 되어 아이들 곁에 남아줄 것이다. 영숙은 쓰는 것을 멈추지 않았다.

## 아버지의 운명

열 시가 넘은 시각. 영숙은 친정아버지를 떠올리며 잠자리를 준비했다. 얼마 전 삼 시누이올케에게 아버지의 병환을 물었더니 식사를 잘못한다는 말이 떠올랐다. 중풍이 오래되어 누군가의 부축 없이는 몸을 가누지 못하고 힘겹게 생활하고 있는 아버지를 떠올리자 영숙의 마음이 갑갑해졌다. 천천히 이부자리를 펴는데 요란하게 전화가 울렸다. 한밤중에 들리는 전화벨에 영숙은 긴장했다. 아. 혹시나.

 수화기 건너편에서 들려온 소식은, 다름 아닌 아버지가 운명했다는 내용이었다. 영숙은 하늘이 무너지는 것 같았다. 그러나 한편으로는 긴 병으로 고생하는 것보다는 날씨가 더 추워지기 전에 잘 가셨다는 생각이 들기도 했다. 하지만 아쉬운 것은 아쉬운 것. 아버지를 더 챙기지 못했다는 마음에 영숙과 친정어머니는 뜬 눈으로 새벽을 지새워야 했다.

 아침부터 내리던 비는 멈출 생각을 하지 않았다. 영숙이 아버지의 관 앞에서 목놓아 울 때도 비는 계속 내리고 있었다. 그러나 떠난 영숙의 아버지는 아무런 말이 없었다. 가족들 모두 애통한 마음에 아무런 말도 하지 못했다.

'누구보다 세상을 선하게 바르게 사시고 부모님께 효도하시고 동기간의 우애를 지키시고 친구 간의 신의를 지키시며 삼강오륜에 어긋남 없이 사신 분인데 왜 그리 마지막 생애를 험하고 안타깝게 사시다 가시는 걸까. 세상살이란 다 그런 것일까.'

영숙은 어린 날 자신을 사랑해주던 아버지를 떠올렸다. 엄하면서도 인자하던 아버지. 그 모습을 떠올리자 돌아가시기 직전까지 풍으로 고생하신 모습이 너무 안타까워 눈물이 도저히 마르지 않았다.

비는 다음날이 되어서야 멈췄다. 아버지의 시신이 불에 탄 한 줌의 재가 되자 영숙의 마음은 더욱 갈 곳을 잃었다. 끝까지 제대로 효도를 하지 못한 것 같아 그저 죄스러운 마음뿐이었다. 아버지의 재를 묻고 돌아와 오래도록 아버지의 병시중을 한 작은 어머니와 마주 앉았다. 있어야 할 자리가 비어 있다는 공허감 때문에 침묵이 이어졌다. 영숙은 생각 끝에 정중한 태도로 인사를 건넸다.

"작은어머니 정말 고생 많이 하셨어요. 1, 2년도 아니고 무려 7, 8년이 넘도록 아버지 병수발하시느라고 너무 고생을 하셔서 무어라고 자식 된 도리에 말씀드릴 수가 없군요. 어떤 때는 아버님 변 묻은 빨래 좀 해드리고 싶어도 아직 내가 있는데 왜 너희들 손에 넣느냐면서 한 번도 저희 손에 넣지 않으시고 손수 하시며 냄새난다고 방 구석구석에 향수를 뿌리시는 그 모습을 볼 때 얼마나 가슴 아팠는지 모른답니다. 끝까지 아버지께 쏟은 정성 만 분지 일도 저희는 못 하겠지만 앞으로 저희가 더 잘할게요. 저를 낳아주신 어머니와 똑같은 마음으로 섬기겠습니다. 정말 고맙습니다."

"이번에 제가 아버님께 많은 불효를 저질렀으니 용서해 주세요. 그래야만 앞으로 후환이 없다니 어떻게 합니까. 아직도 두 분 어머니가 계시고 그래야만 장래가 좋나고 해서 가슴은 아프지만 다른 방법이 없었습니다."

영숙의 말에 동생이 덧붙였다. 말이 없던 작은 어머니는 자신의 배로 낳은 자식은 아니었으나 누구보다 사랑하는 자식들을 앞에 두고 애기했다.

"그래, 네 맘 잘 알았다. 우리 이제 아버지는 안 계시지만 앞으로 동기간에 우애 변치 말고 서로 믿고 의지하면서 열심히 잘 살자."

가족들은 열두 시가 넘도록 둘러앉아 조용조용히 많은 애기를 나눴다. 집에 돌아온 영숙은 일기장을 펼쳐 보지도 못하고 쓰러져 잠이 들고 말았다. 당분간은 아무것도 쓸 수 없을 것 같았다. 아버지의 애기를 쓰기까지는 더 많은 시간이 필요했다. 영숙은, 아버지의 빈자리를 느끼면서 글을 쓰는 데에도 용기가 필요하다는 것이 깨달아졌다.

## 아들의 입대

 영숙의 아들이 입대하는 날이었다. 그런데도 배웅할 수 없는 자신의 처지가 착잡했다. 하지만 공사 일하는 인부들의 밥을 챙겨줘야 했기 때문에 어쩔 수 없었다. 딸의 졸업식에도, 장남의 입대에도 틈을 낼 수가 없다니. 아침부터 마음이 심란했다. 영숙은 머리를 비우기 위해서라도 열심히 점심 준비를 하는 수밖에 없었다. 다행히 일이 금세 마쳐졌다.
 시간을 보니 세 시였다. 혹시 아직 늦지 않았는지 싶은 마음에 얼른 서울 집으로 전화했다. 아들은 아직 떠나지 않고 있었다. 영숙은 이때다 싶었다. 하고 싶었던 얘기를 맘껏 쏟아냈다.
 "못 가보는 이 엄마를 이해하거라. 부디 잘 가서 건강한 몸으로 군 생활에 충실하고, 훈련 잘 받아서 타의 모범이 될 수 있도록 노력하렴. 건강 조심하면서 집으로 자주 편지하여 소식 좀 전해주고."
 "네, 어머니. 괜찮습니다. 제 걱정은 하지 마시고, 몸 건강하세요. 잘 다녀오겠습니다."
 영숙은 씩씩하게 대꾸하는 아들이 기특하면서도 미안했다. 마음이 무거워졌다. 수화기를 내려놓으니 더 착잡하고 허전했다. 머리카락을 박박 깎았겠구나. 눈앞에 보이는 것만 같았다. 이것이 모성인가. 영숙은 훈련소 퇴소 날짜를 손에 꼽아 보았다. 열심히 키운 아들이 군대에 가다니. 이제 정말 다 컸구나. 영숙은 일기장에 아들의 잠자리가 편할 것인지, 깨끗하게 깎아놓은 머리가 어떨 것인지 혼자 상상하는 글을 꾹꾹 내려 적어갔다. 밤이면 아들이 보고 싶었다. 어머니들이라면 누구나 간직하고 있는 뼛속 모정에 잠을 설치기 일쑤였다. 영숙도 어머니였으니까.

## 큰딸 결혼

새벽 다섯 시였다. 영숙은 한숨도 못 자고 일어났다. 미처 못한 음식을 재빠르게 장만하고 외출 준비를 마쳤다. 서울 예식장으로 가는 버스를 세 대나 예약했다. 그러나 하객이 워낙 많아 봉고차 한 대를 더 불러야 했다. 첫 딸의 결혼식에 참석하는 하객들이 많았다. 영숙은 감사했다. 그 아이가 벌써 결혼을 한다니. 언제까지 어린아이인 줄로만 알았던 딸이. 결혼하는구나. 실감이 나지 않았다.

딸이 데려온 사윗감은 키가 훤칠하게 크고 잘생긴, 약간 마른 체구의 남자였다. 영숙은 튼튼한 사위였으면 좋겠다고 생각했으므로 서운하기는 했다. 그러나 우선 어떤 사람인지 살펴보기로 했다. 딸을 달라고 했다. 사윗감을 멀거니 바라보다 군대를 다녀오고 직장을 잡아 사회에서 인정받는 사람이 되면 딸과의 결혼을 허락하겠노라고 얘기했다. 딸을 둔 어머니들의 마음이란 그런 것일 테다. 영숙은 '훗날 군 생활 마치고 사회에 나와서 취직을 못 하고 훌륭한 사회인이 안 되고 어머니하고 한 약속이 지켜지지 못했을 때는 두말없이 물러서겠다.' 며 다짐했던 사위의 모습이 떠올랐다. 그 당당한 모습을 보며 분명 약속을 지킬 거라고, 사위가 될 거라고 예감했었다. 그 예감이 오늘 들어맞는 날이었다.

예식장에 도착하니 아직 시간이 남아 있었다. 영숙은 모시고 온 손님들을 예식장으로 올려보내고 결혼이라는 미래를 기다리고 있을 새색시를 보러 갔다. 신부대기실에 들어가자 하얀 드레스를 입고 앉은 신부의 모습이 한눈에 띄었다. 천사같이 예쁘고 고왔다. 영숙은 과연 자신의 딸이지만 정말 예쁘다고 생각하며 감탄했다. 내가 새색시였을 때에도 저렇게 예뻤을까.

결혼식이 시작되자 영숙은 신랑의 어머니와 함께 앞으로 나아가 화촉을 밝혔다. 딸을 보내려는 마음에 긴장되고 떨려왔다. 촛불을 켜는 손목이 자꾸 흔들렸다. 겨우 불을 붙이고 내려오자 곧 씩씩하게 입장하는 신랑의 모습이 보였다. 그를 이어 아버지의 손을 잡고 들어오는 신부가 보였다.

'이제 정말 시집을 보내는구나. 우리 가족을 위해 대학 진학도 포기하고, 열심히 일하던 우리 딸. 유난히 우리 가족을 사랑하던 큰딸.'

영숙은 갑작스레 가슴이 울컥했다. 직장에 들어가 첫 월급을 타 고향으로 돌아왔을 때, 직장을 잡았을 때, 졸업할 때, 그 전, 초등학교에 입학할 때, 어릴 적 어른들을 따라서 총명하게 조잘댈 때, 첫걸음마를 떼었을 때, 모든 순간이 주마등처럼 스쳐 지나갔다. 결혼식은 국회의원 김영배씨의 엄숙한 주례사로 시작하여 뜻 있게 잘 진행되었다.

눈물을 흘릴까 봐 염려했으나 막상 결혼식이 끝나자 좁은 예식장에서 손님들을 접대하는 것만으로도 벅찼다. 딸이 어머니의 품을 떠난다는 사실에 서운함을 느낄 틈조차 없었다. 공부시키려고 어릴 때부터 서울로 올려보냈기에 서운한 마음이 조금은 덜 한 것일까.

정신없이 집으로 돌아와 앉아 혼자 있는 시간이 되니 그제야 떠올랐다. 결혼식을 올리기 얼마 전, 딸애와 같이 혼수를 위해 장롱을 보러 갔었다. 가구와 냉장고, 세탁기, 전자제품과 같은 주방용품을 전부 구매하고 딸애와 사위가 같이 살게 될 집으로 물건을 들여놓고 돌아오던 때의 서글픔. 24년을 키운 딸을 영원히 남의 집에 보내야만 한다는 생각으로 돌아오는 길에 눈물을 펑펑 흘리고 말았다. 새하얀 꽃송이 같은 눈이 하늘에서 떨어질 때 영숙의 눈에서도 눈꽃 같은 눈물이 떨어졌다. 곱게 키워서 남 주는 것도 억울한데 필요한 세간살이를 준비해서 주고 오다니. 그런 생각으로 더 서러운 눈물을 흘리고 말았던 이다. 동행했던 시동생이 보다못해 위로하고 나섰다.

"형수님 그만 우세요. 잘 살라고 잘해서 갖다 주시고 오시면서 축복이나 하시지 왜 그리 우세요. 잘 살 겁니다. 다 그런 거 아니겠어요."

라는 말에 눈물이 겨우 잦아들었다.

아무리 울어 봐도 소용없는 일이었다. 딸은, 이제 어머니의 곁을 떠나버렸다. 영숙은 잠든 남편의 곁에서 공허한 마음으로 일기장을 펼쳤다. 무슨 내용을 쓸 것인지는 이미 정해진 답이나 마찬가지였다. 딸아이 얘기를 쓰기로 했다. 신랑과 나란히 서 있던 새하얀 신부의 뒷모습을 잠시 떠올리다가 일기를 써 내려가기 시작했다. 먼 과거 이야기를 쓰면 눈물이 쏟아질 것 같으므로 결혼식장의 얘기만을 썼다. 연필이 사각거리는 소리가 끊어지지 않았다. 얼마 후 영숙은 일기장에서 고개를 들어 얕은 한숨을 내쉬었다. 딸이 보고 싶었다.

## 옛 친구

 어릴 적의 영숙이 잊지 못하던 것 중의 하나는 등하굣길의 풍경이었다. 계절이 바뀌어 갈 때마다 길 위에 핀 꽃들의 얼굴은 모두 달랐다. 사람들의 얼굴이 그랬고, 하늘의 얼굴이 그랬다. 영숙은 그 길을 같이 걷던 친구들의 모습을 떠올리며 마음을 설레며 집을 나섰다. 오늘은 그때의 친구들을 다시 만나는 날이었다.
 영숙은 가족들의 아침 식사를 챙겨주었다. 그러나 정작 본인은 아침을 거른 채 일찍 집을 나섰다. 여주에 사는 친구네 집이 모임 장소였다. 마음이 설렌 나머지 일찍 출발하여 여주에 도착하자 약속된 시간보다 무척 일렀다. 추위로 길이 얼어 있었다. 영숙은 불편할 것 같아 택시를 탔다. 요금은 좀 많아도 길을 헤매지 않고 편안하게 도착할 수 있어 다행이었다. 택시기사가 사람들에게 길을 묻고 물어 골목을 돌아 나갈 때마다 오랜만에 친구를 만난다는 생각에 마음은 설렘으로 가득했다.
 친구 집에 도착해 설레는 마음으로 문을 두드렸다. 문을 열어준 친구는 생각했던 것보다도 훨씬 반갑게 맞아줬다. 조금 더 기다리자 서울에서 내려온 친구들까지 모였다. 학교를 졸업하고 수십 년 만에 한자리에 모이니 서로 할 말도 많고 궁금한 것도 많았다. 짧은 상고머리를 하고 학교길을 종종거리며 뛰어다니던 친구들은 어느새 자녀들을 시집, 장가까지 보낸 어머니가 되어 있었다. 준비된 진수성찬을 먹으며 옛날이야기를 즐겼다. 지금 어떻게 살고 있는지가 궁금했지만 그만큼 그 옛날이 그립기도 했다. 학교 시절에 싸우며 울며 서로 토라져 말도 안 했던 이야기며 지저귀던 그 아름다운 옛 추억들이 어찌나 아름다운지. 그때는 몰랐던 아름다움을 친구들이 다시금 느끼고 있었다. 이미 지나가 버려서 다시 오지 않을 옛날이, 손을 뻗으면 닿을 것 같던 옛날이. 같은 옛날을 공유하고 있는 사람들이 모이자 분위기가 점점 따뜻해졌다.

집으로 돌아갈 시간이 되었다. 기약 없이 그냥 헤어지기 아쉬웠다. 이심전심이었다. 친목회를 구성했다. 매월 1회씩 만나기로 하고 회비도 정했다. 회장과 총무까지 정하자 정말 헤어져야만 했다. 모두 가정을 지키는 주부들이니 마냥 즐거운 아이처럼 놀 수가 없었다. 서울에서 또다시 만나기로 하고 영숙은 혼자 다른 방향 차를 타고 집으로 돌아왔다. 혼자 오는 마음은 괜스레 더 서운했다. 함께 했던 친구들의 빈자리가 느껴졌기에 서운한 마음은 더했다.

"……."

영숙은 혼자 버스에 앉아 창밖을 보며 혼잣말을 했다. 차창을 지나치는 뭉개지는 풍경 속에서 뭔가가 잡히는 것만 같았다. 그것은 지나간 세월일 수도 있고 공허한 마음을 채우기 위한 스스로 마음가짐이었을 수도 있다고 생각했다. 차창을 보며 글귀가 떠올랐다. 흘러가는 세월은 잡을 수가 없어서 따라가다 보니 어느새 50이 넘었구나.

어리고 귀엽던 모습은 이제는 다시 찾아볼 수 없고 세월의 흔적으로 남은 희끗희끗한 흰머리만 남았구나. 그리고 아름답고 고왔던 얼굴에는 골이 팬 주름만이 가득했다.

  잠자리에 들기 전 일기장을 펼치려다가 처음으로 썼던 일기장을 펼쳤다. 열다섯 살 때의 일기장이었다. 6.25 전쟁과 가난한 환경 때문에 학업을 포기할 수밖에 없었던 영숙은 학교에서 배워 익힌 글자마저 잊힐까 봐 두려워 쓰게 된 일기였다. 영숙은 어렸을 때의 자신이 어떤 어려움을 느꼈는지, 얼마나 애를 썼는지 천천히 읽어 나갔다. 그리고 생각했다. 젊었을 때의 고통은 그 자체로도 아름답다고. 그 당시는 느끼지 못했던 것들을 이제는 알 것도 같았다.

  일기장을 덮고 무언가를 쓰려다 말았다. 영숙은 나이가 든 자신을 받아들이는 데에도 시간이 필요하다는 걸 알았다. 단지, 지금은 신기하며 허망하다는 생각밖에 들지 않았다. 이렇게 나이가 들고 주름이 진 자신의 모습이, 신기하다고. 또 흘러버린 세월이 허망하게 여겨졌다. 일기를 덮고 자리에 누웠다. 친구들과 함께했던 추억을 떠올리며.

## 손주 보다

 영숙은 결혼한 큰딸이 아이를 낳았다는 연락을 받기까지 잠을 이루지 못했다. 앞서 병원으로 갔다는 소식을 받았을 때부터 걱정했다. 무려 새벽 두 시가 넘어서야 아들을 낳았다는 연락이 왔었다. 영숙은 그제야 안도하고 자리에 누웠다. 큰딸이 벌써 아이를 낳았다니. 이를테면 영숙은 손주를 둔 할머니가 되었다.
 늦은 아침을 먹고 서울로 올라가 병원으로 향했다. 떨리는 마음으로 산부인과 호실을 열자, 기진맥진한 채로 누워 있는 산모가 보였다. 힘들었는지 문이 열리는 소리에 감은 눈을 가까스로 떴다. 아기를 낳은 산모치고는 얼굴이 그다지 수척해 보이지 않아 그나마 다행이었다. 영숙은 짧게 안도의 숨을 쉬고는 딸에게 다가갔다.
 "괜찮느냐."
 "네. 어머니 오셨어요."
 산모의 대답에는 힘이 없었다. 딸이 힘들어하는 모습을 보게 되자 영숙은 마음이 아팠다.
 "그래. 많이 힘들었니?"

"네. 너무 아프고 힘이 드니까 엄마 소리밖에 나오질 않던데요. 이제 오셨네요."

딸은 내심 서운한 듯 말하면서도 환하게 웃었다. 엄마가 되었다는 기쁨 때문에 더했을 것이다. 영숙은 딸이 대견스러웠다. 아이 같던 내 딸이, 이제 한 아이의 엄마가 되었구나. 그러면서도 힘들 때는 여전히 엄마를 찾는다는 게, 콧등이 시큰하고 목매었다. 자식이기에 가장 고통스럽고 아플 때 엄마를 찾는구나 싶어 마음이 아팠다. 영숙은 어른이 된 딸과 잠시 이야기를 나누고 사위의 안내로 신생아실로 갔다. 아기는 2.9kg의 건강한 모습이었다. 빨갛고 쭈글쭈글한 얼굴이 너무 사랑스럽다. 영숙은 스스로가 할머니가 되었다는 사실이 믿기지 않았다. 그랬다. 언제까지 아이일 줄 알았던 영숙의 딸이 어머니가 되었지만, 동시에, 영숙도 할머니가 되었다. 시간의 흐름이란 얼마나 무상한 것인가. 할머니가 되었다니. 이제 여자로서, 인간으로서 젊었을 때의 싱그럽던 모습은 어디에도 없구나. 그 모습은 영숙의 기억 속과 일기장 속에만 남아 있었다. 남아 있는 것들도, 어렴풋한 흔적뿐이었다. 하지만 인간은 그 흔적과 함께 미래로 나아가야 하는 것이었다. 영숙은 고요히 잠들어 있는 첫 손주의 얼굴을 보며 그런 생각을 했다.

저녁 눈이 내리는 거리를 걸으며 서울 친정집으로 돌아갔다. 손주 봤다며 축하주를 준비한 가족들과 함께 축배를 들었다. 아직 몸이 성치 않아 이 자리에 오지 못한 딸을 생각하자 못내 섭섭했다. 딸이 있었다면, 주인공인 딸 가족이 있었다면 훨씬 좋았을 텐데. 손주도 함께. 하지만 쏟아지는 축하 속에서 영숙은 몽롱하게 잠이 오기 시작했다. 서울까지 일기장을 챙겨왔지만 한 글자도 쓰지 못하고 잠자리에 들었다. 피곤했던 하루였기에, 고요한 눈이 내리는 거리와 같이 잠이 들었다.

젊은 날은 가고 없었지만, 대신 영숙은 점점 영글어 가고 있었다.

## 아들들의 제대와 입대

 군복을 입은 아들은 씩씩한 모습이었다. 언제까지 아이일 줄 알았던 아들이 군인이 되어 부모님께 인사하던 모습은 영숙의 마음을 조용히 울리는 것이었다. 이제 영숙의 자녀들은 더는 어리지 않았다. 그걸 알면서도 어머니 된 마음으로는 자녀들이 언제까지고 아이들인 것처럼 보였다. 하지만 큰아들이 군 복무를 마치고 제대하는 날이 되자, 아들이 정말 어른처럼 느껴졌다. 이제 자식에 대한 시름을 좀 놔도 되겠구나 싶었다. 영숙은 힘든 군 복무를 마치고 돌아오는 아들을 생각하자 가슴이 뛸 듯이 기뻤다. 아들의 얼굴이 너무 보고 싶었다.
 하지만 마냥 즐겁지만도 않았다. 막내가 영장을 받고 논산으로 떠나는 날이기도 했기 때문이다. 저 어린 것이 잘하고 나올 수 있을지. 아들을 한 번 군대에 보내 보았으나 여전히 자식이 걱정되는 것은 어쩔 수 없었다. 부모의 곁을 오래도록 지키고 있었던 막내라 그런지 큰아들 때보다 서운함이 더했다. 그 때문에 손에 일도 잘 잡히지 않았다.

심란한 마음에 점심도 먹지 못하고 아들과 함께 논산으로 출발했다. 친구들과 만난 막내는 어머니에게 통장을 넘겨주었다. 영숙은 이게 뭔가 싶어 말없이 아들을 쳐다보았더니, 아들은
"어머니, 이거, 조금이지만 받으세요. 어머니가 차비로 보태 쓰라고 주신 돈인데, 제가 이제 군에 가니, 돈 많이 가져가서 어디에 쓰겠어요. 조금이지만 차비 할 정도는 충분히 가져가니까, 남은 돈은 여기에 예금했어요. 어머니 쓰세요."
라고 말했다. 영숙은 눈물을 참지 못했다. 오히려 가정형편이 좋지 않아 잘 해 주지도 못했는데, 군을 가면서도 부모를 챙기다니. 아들의 마음씨가 너무 대견하고 믿음직스러웠다. 분명 군대 일도 잘 해낼 수 있으리라 생각했다.

친구들과 함께 버스를 갈아타고 떠나는 아들의 뒷모습을 보자 눈물을 더욱 참을 수 없었다. 멀어지는 버스가 야속하기만 했다. 하지만 별수 있으랴. 이제부터는 아들의 몫인 것이다.

집에 돌아와 문을 열었다. 텅 빈 거실이 눈에 들어왔다. 영숙은 막내의 빈자리 때문에 잠시 멍하니 서 있다가 천천히 집 안으로 들어섰다. 또 눈물이 나려는 걸, 이제 그만해야 한다고 생각하며 겨우 억눌렀다. 깜깜한 밤이 되자 예전에 썼던 일기장들을 찾아 펼쳤다. 군에 들어간 막내아들의 흔적들을 훑어보며 더더욱 잊지 않기 위해 일기를 더 잘 써야겠다고 다짐했다. 노트를 가지런하게 펴고 한 글자 한 글자 신중하게 적어나갔다. 영숙은 그 뒤로도 일기를 쓰며 아들에 대한 그리움을 달랬다. 그것이 영숙의 방식이었다. 영숙이 할 수 있는, 그리움을 달래는 확실한 방식. 그건, 일기 쓰는 것이었다.

## 88올림픽

 영숙은 바쁜 오후, 티브이를 보는 둥 마는 둥 하면서 밥을 지어 인부들에게 배달했다. 올림픽이라는 세계적인 축제의 성화봉송이 이 조그만 귀래를 거쳐 간다는데, 구경할 수 없는 현실이 아쉽기만 했다. 하지만 일이 바쁜 건 어쩔 수 없었다. 생각하면 할수록 귀한 일이었다. 언제 다시 귀래면을 지나쳐가는 성화봉송을 구경할 수 있겠는가. 영숙은 개회식을 보며 말며 하며 점심상을 차렸다. 자세히 보고 싶었어도 일이 바빠 어쩔 수가 없었다. 인부들의 점심 식사를 마치고 나서야 개막식을 끝내고 경기에 들어가는 것을 알았다. 전 세계인의 축제인 서울 올림픽이 개최되는 날이라 그런지 날씨도 좋았다.
 그 후로 폐막식까지, 사람들의 입에 오르내리는 건 올림픽에 대한 것이었다. 경기 진행이 어떻게 돌아가고 있는지, 금메달을 얼마나 땄는지, 어떤 선수가 대단했는지 등을 이야기하며 세계의 축제를 함께 즐겼다. 영숙도 함께 알게 모르게 들뜬 시간을 보냈다. 폐막식 날, 한국의 성적이 발표되었다. 한국의 금메달은 열두 개로, 종합 성적 4위였다. 조그마한 나라가 세계의 4위라는 사실은 아무리 생각해도 정말 대단한 일이었다. 소련이 1위, 동독이 2위, 미국이 3위였다. 모든 국민이 한마음, 한뜻으로 기뻐했다.

'뭉친다는 건 이토록 무서운 일이구나. 아무도 기대하지 않았던 큰일을 가뿐하게 해낼 수 있는 것도, 뭉치는 것으로 가능하구나.' 영숙은 국민의 응원과 상상하기 힘든 노력을 해왔을 선수들을 생각하자 가슴이 찌릿했다. 이 조그마한 나라가 세계만방에 널리 알려지다니. 기쁜 마음도 컸다.

올림픽이 끝나자 서울에서 큰딸 가족이 왔다. 영숙은 오랜만에 보는 예쁜 손주에게 마음을 빼앗겼다. 손주를 업고 마을을 한 바퀴 돌고 와야겠다고 생각한 영숙은 포대기를 챙겼다. 자식들이 어렸을 때 업어 키운 이후로 오랜만에 포대기를 꺼내 썼다. 집을 나서자 콤바인이 논에서 벼를 베고 있었다. 손주는 큰 소리에도 아랑곳하지 않고 콤바인이 지나갈 때마다 벼가 사라져가는 마법 같은 장면을 신기하게 지켜보고 있었다. 황금 같은 벼 이삭이 고개를 숙이고 있는 논바닥을 콤바인이 훑어 지나가자 누런 벼가 가마니에 그득히 담기고 볏짚은 베어져 논바닥에 깔리고 있었다.

"신기하지, 아가? 너는 모를 거야. 이 할미가 어렸을 때는, 이런 건 전부 상상하지도 못 하는 일들이었단다. 세상이 이렇게 좋아졌으니 농사짓기도 아주 편리하고 좋지. 그렇지? 너는 이보다도 훨씬 좋은 세상에서 살 거다."

영숙은 설레는 듯 말하며 손주를 업은 포대기를 흘러내리지 않도록 들쳤다. 논둑 길을 걷다 밭에서 아줌마들이 고추를 따는 모습도 보았다. 아이가 빨간 고추를 손에 쥐어 고추 냄새를 맡으면서도 놓으려 하지 않았다. 매운 냄새가 나도, 아직 손에 무언가를 꼭 쥐고 싶기 때문일 것이다.

 손주의 재롱을 보는 일은 즐거웠다. 온종일 예쁘게 커 가는 손주를 보며 영숙은 할머니가 된다는 건 이런 기쁨을 누리는 일이라 생각했다. 대를 이을 자손이 생긴다는 것보다도, 생명 그 자체가 더 기쁘게 했다. 자식들을 낳은 후 잠시 잊고 있었던 기쁨을 맛보고 있었다. 그날 밤, 일기장에 하루가 다르게 커 가는 손주에 대해 길게 풀어 썼다. 손주에게 해 주고 싶은 것들이 많지만 여력이 부족해 그럴 수 없는 자신의 아쉬움도 써 내려갔다. 하지만 조급해하지 않기로 했다. 성장하는 것은 언제나 시간이 필요한 일이고, 손주가 걸어가야 할 길은 무척 많이 남아 있는 일이다. 그리고, 일기를 쓰며 조급해하지 않는다는 게 무엇인지 이미 영숙은 알고 있었다. 그것은 무작정 기다리는 것과는 달랐다. 지금의 시간을 충분히 잘 살아내는 것. 그게 기다림이었다. 영숙은 일기장을 덮으며 손주의 부모인 딸에게도 그런 기다림이 찾아오기 바랐다.

## 둘째 딸 전시회


 둘째 딸에게 재능이 많다는 건 이미 부부가 알고 있던 사실이었다. 어느 부모가 자식들이 예뻐 보이지 않을 수 있겠는가. 하지만 영숙은 자식들의 재능과 성실함을 믿었다. 아무리 그렇다 해도 그렇지, 둘째 딸이 전시회에 작품을 내다니. 믿을 수 없는 일이기도 했고, 신기하기도 했다. 둘째 딸이 하는 일도 바쁠 텐데 어느 시간에 작품 준비를 해서 전시회에 열었을까. 영숙은 둘째 딸 직장동료들을 마주할 생각에 아침부터 서둘러 준비했다.
 둘째 딸의 생일 다음 날 전시회를 여는 거라서 더 마음이 쓰였다. 영숙은 딸 생일 전날 서울에 올라가 생일을 축하해 주었어야 한다고 생각했다. 하지만 일이 많았다. 생일을 어떻게 보냈는지 궁금할 뿐이었다. 전시회라도 가서 축하를 해 줘야 한다. 아무리 다 큰 어른이라고 하지만 엄마 된 마음은 그러지 않았다. 어른이라 해도, 딸 아닌가. 하지만 영숙의 몸이 불편했다. 세종문화회관까지 무사히 가야 하는데, 차에 오르자 참기 힘든 고통이 밀려왔다. 서울에 도착하자마자 약을 먹고 누워 있을 생각으로 서울 집으로 바삐 향했다. 집에는, 손주와 함께 온 맏딸과 막내 시동생이 딸과 함께 있었다. 아이들의 귀여운 모습을 보니 아픈 건 좀 나은 것 같았지만, 또 한편으로는 약을 먹고 나아지고 싶은 마음뿐 이었다. 딸 전시회를 참석하기 위해서 얼른 좋아져야 한다는 생각밖에 없었다.

"너 괜찮니? 얼굴이 안 좋은데."

"네. 몸이 좀 안 좋네요. 몸살 기운이 있나 봐요. 혹시 약 있나요, 어머니?"

"그래. 얼른 약 먹고 좀 누우렴."

작은어머니가 걱정스럽게 얘기했다. 자신이 배를 아파가며 낳은 자식은 아니었지만, 그래도, 아버지의 또 다른 부인이었기에, 작은어머니는 어머니 된 마음으로 영숙을 챙기고 있었다. 영숙은 따뜻한 물에 약을 먹고 이불 속에 몸을 맡겼다. 시간이 지나면 좀 괜찮겠지 싶은 마음에 잠을 청했다. 전시회 오픈은 오후 여섯 시였다. 시간을 맞춰서 일어나야 하는데도 영숙의 몸은 마음과 다르게 나아질 기미가 없었다. 선잠을 잤다. 옷을 챙겨 입었다. 몸이 천근만근 무거웠다. 그런데도 일어나야 한다며 스스로 보챘다. 여기까지 왔으니, 전시회 작품은 봐야 하지 않겠는가.

"당신 몸이 너무 안 좋은 거 같은데. 쉬는 게 좋지 않겠어?"

"그래도 가 봐야지요. 힘들게 일하면서도 작품을 만든다는 게 어디 쉬운 일인가요. 여기까지 와 보지 않으면 또 언제 와서 딸 작품이 전시회에 걸려있는 걸 보겠어요. 가야죠. 애 생일도 못 챙겨줬는데."

가족들은 택시를 타고 세종문화회관에서 내려 전시실에 들어갔다. 넓은 전시실 안에는 여러 사람의 훌륭한 작품들이 전시되어 있었다.

영숙은 딸부터 찾았다. 과연, 전시실 입구에서 딸과 몇몇 아가씨들이 한복을 예쁘게 차려입고 손님들을 안내하고 있었다. 분주하게 움직이는 딸의 모습을 보았다. 자신도 모르는 사이 자랑스러움을 느껴졌다. 손님들이 정말 많았다. 영숙은 복잡하게 얽힌 사람들의 틈을 비집고 들어가 딸의 작품을 찬찬히 살폈다. 딸의 작품은 따뜻하고 아름다웠다. 전시회장을 둘러봤다. 모든 작품이 좋아 보였다. 나무를 깎아 만든 작품을 서각이라 한다. 작품을 만드는 데 걸렸을 시간을 생각하자 절로 도리질이 나왔다. 영숙은 사람들 한가운데에 서서 잠시 숨을 골랐다. 이렇게 좋은 작품들 앞에서, 딸의 작품 앞에서 몸이 아프다니. 구토가 나고 머리가 깨질 것처럼 아파 견디기 힘이 들었다. 이런 좋은 곳에 와서 즐거워야 하는데 몸이 아프다니. 야속했다. 하지만 어디에 편히 눕고 싶은 마음은 사라지지 않았다.

저녁이 되자 여러 저명인사가 참석해 테이프를 끊고 전시회가 정식으로 시작되었다. 민정당의 대표의원인 윤길중 의원의 축사에 이어 샴페인이 터지고 케이크에 불이 켜졌다. 오픈 식에 많은 준비를 쏟아 놓은 것이 보였다. 딸이 근무하는 사무실의 직원들도 속속 도착했다. 그제야 비로소 가족들은 직원들과 편안하게 인사를 나눴다. 뜻밖에도 감사실 직원들은 딸 칭찬을 아끼지 않았다.

"정말, 뵙고 싶었습니다. 어찌나 성실한지, 한 번도 남보다 일찍 퇴근한 적이 없고 꼭 뒷마무리까지 하고 나가거든요. 거기다 이런 전시회 준비까지 하다니, 밤잠을 안 자는 걸까. 정말 놀랐습니다. 저희도 전시회를 한다는 걸 얼마 전에 알았거든요. 어제 퇴근하면서 내일 전시회가 있으니 참석해 주십시오 하는 겁니다. 그제야 알았죠."

"맞습니다. 어디, 그뿐인가요. 정말 가정교육을 잘 시키셨습니다.

회사 내에서도 모범사원이죠."

영숙으로서는 기쁘면서도 뿌듯해지는 말이었다. 온통, 칭찬뿐이었다. 내 딸이 그토록 열심히 일하고 있었단 말인가. 영숙이 보이지 않는 곳에서 둘째 딸 선옥은 모든 사람에게 인정받고 있었던 것이 뿌듯하고 자랑스러웠다. 영숙은 자식들이 열심히 공부하길 바란 만큼이나 많은 사람에게 도움이 되고 해 끼치지 않는 사람으로 자라기를 바랬다. 그 바람이 이런 결과를 만든 것 같아 무척이나 기뻤다. 딸애의 회사 직원들을 그냥 돌려보낼 수 없었다. 저녁 식사를 대접하려 했다. 그러나 직원들은 따로 볼 일이 있다며 인사를 건네며 정중하게 사양했다. 선옥도 정리할 일이 남아 있으므로 먼저 돌아가라 하고 전시회장으로 돌아갔다.

영숙의 아픈 몸 때문에 가족들의 계획은 무산되었다. 영숙은 미안한 마음이 들었다. 자꾸 정신이 혼미해져 차 안에서 잠에 취해 몸을 제대로 가누지 못했다. 겨우 집에 도착하여 이불속으로 파고들고 말았다. 영숙은 꼼짝도 할 수 없을 만큼 몸이 무겁게 느껴졌다. 즐거운 자리에서도 즐거운 줄 모르고 하루가 지나가 버려 안타까웠다. 집에 돌아온 선옥이 전시회 정리를 끝냈다며 어머니 걱정을 했다. 엄마가 아파서 걱정스럽다는 말과 함께 영숙의 팔, 다리를 열심히 주물러줬다.

영숙은 딸에게 미안했다. 딸에게는 중요하고 즐거운 자리였는데 아픈 몸으로 자리하게 되었기 때문이었다. 하지만 딸은 아랑곳하지 않았다. 엄마의 건강이 제일 중요하다며 위로하기에 바빴다.

'이제는 내가 애가 되어 버리고 딸이 나를 챙겨주게 되는구나. 이런 날이 와 버렸군. 못난 어미가 되지 않으려 했는데도, 세월이 가는

건 어쩔 수 없이 야속하구나.'
 영숙은 여전히 딸에게 미안한 마음이 가시지 않았다. 그리고 잠에 들으려 노력했다. 잠이 들면 고통이 덜할 것 같아서였기에 그랬다.

## 대통령의 유배

세상의 모든 것을 손에 쥐었던 사람이 그 모든 걸 내려놓고 암자로 떠나야 하는 마음이 어떨까. 영숙은 티브이를 물끄러미 바라보며 생각했다. 화면 속에는, 전두환 대통령이 나오고 있었다.

　전두환 전 대통령은 국민 앞에 사과하고 서울을 떠나기로 했다. 국민 앞에서 자신의 재산을 정부에 반납한다고 말했다. 영숙은 부지런히 아침을 마치고 하던 일손을 멈춘 후 티브이 앞에 앉았다. 대통령에 있는 동안 최선을 다해 국가와 국민을 위해 일을 했는데 이제 와 이렇게 불미스러운 낙인찍힌 대통령이 되었다고 발표했다. 이어서 더더욱 죄송하게 생각하는 것은 자기로 인해 친인척들에게 저질러진 행동에 대한 것으로, 부끄러움을 느끼고 있다는 것이다. 1980년 5월의 광주사태로 모든 책임을 다 지겠다 하며 7년 6개월의 임기를 마치고 어린 손녀의 손목을 잡고 청와대를 나설 때는 보람도 느끼고 만족스러웠다고 말했다. 하지만 대통령 자리에서 물러서자마자 자기로 인해 사회에 혼란과 여러 가지 불미스러운 매스컴이나 신문잡지에 보도되는 여러 가지 문제를 침묵 속에 지켜보아야 하는 9개월 동안은 정말 괴로웠다고 말했다. 상황이 이렇게 되었는데 재산에 미련이 남을 게 무엇이 있겠냐며 자신의 모든 재산을 국가에 내놓겠다 발표했다. 재산이라고는 지금 사는 연희동의 집 안채와 두 아들이 결혼해서 사는 바깥채, 그리고 용평의 땅 몇 평 골프장 두 개, 주식 23억 밖에 없고 외국에는 땅 한 평이 없다고 말했다. 온 국민이 자기에 대한 감정을 모두 잊고 알찬 생활로 국가에 이바지하길 바라며 아무 미련 없이 서울을 떠나겠다는 말로 발표는 끝났다.

  영숙은 담화문이 끝날 때까지 티브이 앞을 떠나지 않았다. 전두환 전 대통령이 이미 화면을 떠났는데도 어쩐지 계속 앉아 있어야 할 것처럼 느껴졌다. 영숙에게는, 다른 이들이 무어라 해도, 우선 안 되었다는 생각이 들었다. 잘못한 것도 맞지만 한때는 대통령으로 있던 자가 지금 이렇게 처참한 신세가 되다니. 세상살이란 아무도 모르는 일이라는 생각도 들었다. 대통령이었다고 하지만, 지금으로 따지자면 영숙보다 더 나을 게 하나도 없는 것처럼 보였다. 차라리 영숙은 하늘 보기 부끄럽지 않고 떳떳하게 살고 있었다. 그러나 서울을 떠난다고 발표한 그는 얼마간은 죄책감을 안고 살아야 할 것이다.

  대통령 연설이 있었던 다음 날 아침에 방에 들어가 티브이를 보는데 뉴스에 전 대통령의 모습이 보였다. 강원도에 있는 어느 암자로 갔다는 것이었다. 설악산에 위치 해있는 절에 기거하고 있으며 외인의 만남을 거부하며 조용한 절에 묻혀 살고 싶다며 몇 사람의 경호원만 거느리고 있다는 뉴스였다.

  영숙의 마음은 좋지 않았다. 매 순간을 거짓 없이, 부끄럽지 않게 최선을 다하는 삶이란 얼마나 어려운 것인가. 며칠간 영숙은 생각이 많았다. 자식들을 잘 키운 것만으로도 충분하다고 생각했는데 어쩌면 영숙 자신도 모르는 실수를 저지르지 않았을까 하는 생각으로 과거를 되짚어 보기도 했다. 가끔은 과거의 일기장을 꺼내 낯부끄러운 실수를 한 게 없는지 일부러 들추어 보았다. 이미 벌어진 실수를 되돌려 고칠 수 있는 게 아닌데도, 자신의 잘못을 애써 되짚어 보았다. 하지만 일기장을 덮고 말았다. 그래봤자 의미가 없는 일인 것 같았다.

 대신 다시 새날의 일기를 쓰기 시작했다. 무어라도 써야 한다고 생각했다. 나이가 들고 있는 이 순간, 후회와 부끄러움 속에서 살지 않으려면, 자신을 독려하려면 끊임없이 쓰는 수밖에 없다고 믿었다.

## 첫 번째 부부 여행

　남편의 생일을 앞둔 어느 날, 영숙과 남편은 갑자기 생긴 돈을 놓고 고심을 했다. 자식들이 놀러 가 쓰라며 봉투에 넣어 준 돈이었다. 영숙은 남편의 생일날 생일상을 제대로 차려주고 싶었다. 그러나 남편은 자식들이 건넨 돈을 물끄러미 바라보더니 얘기했다.
　"이번에 생일상 차리는 거 말이요, 좋기는 하겠지만 덥기도 하고, 번거로운 것 같으니. 마침 이렇게 애들이 용돈도 주었는데, 어디 놀러 가는 게 어떨까."
　남편의 제안이 괜찮은 것 같았다. 영숙은 흔쾌히 승낙했다. 마침, 새로 차가 생겨 여행을 다니기에 수월하기까지 했다.
　남편은 어느 날 갑자기 무언 가에 결심했는지 자동차 면허증을 취득하고 자동차를 사야겠다고 얘기했다. 그러더니 얼마 후 중고차 한 대를 샀다. 군 복무를 마치고 서울에 가 있는 아들을 데리러 가겠다 했다. 아침이었다. 집에 앉아 새로 산 중고차를 기다리고 있었다. 비록 중고차지만 승용차가 생겼다는 사실이 실감 나지 않았다. 영숙은, 심지어 눈앞에 차가 놓여 있어도 가족의 차라는 사실이 믿어지지 않앉다. 조상들에게 아무 사고 없이 차를 운행하게 해 달라고 제를 지낼 때도 제대로 믿어지지 않았다. 이 차가 우리 차라니. 차를 타고 서울에 다녀오니 훨씬 편한 건 사실이었다. 비록 크고 좋은 새 차는 아니었다. 그러나 기분이 좋았다. 집안 형편이 차츰 나아지고 있다는 증거였으니까. 생각해보면 교통수단이 불편할 때 자전거를 사서 볼일을 보러 다녔고 후에는 오토바이를 작은 것에서 큰 것으로 바꾸었다가 자동차가 생긴 것이다. 자동차가 생긴 후로부터는 여행 다니는 것도 훨씬 편리하게 다니게 되었다.

그 후 생일날, 놀러 가기에 부담이 없을 것 같아 아침 일찍 일어나 미역국을 끓이고 밥을 해 먹었다. 닭을 한 마리 튀겨 싼 후 영숙 부부는 아침 일찍 출발했다. 어머니를 혼자 남겨 놓고 가기가 좀 죄송했다. 하지만 어쩔 수 없었다. 귀래를 지나 휴게소에 들러 쉬고, 충주를 지나 괴산을 넘어 괴산 시내 다방으로 들어갔다. 두 사람은 마주 앉아 차를 한 잔씩 마셨다. 그건, 아주 오랜만에 느껴본 평화였다. 생각해보면 누구나 쉽게 누릴 수 있을 법한 것인데도 사는 것이 바빴기에 남편과 가지는 여유도 사치처럼 느껴져서 그랬다. 여러 번 다녀 왔던 여행에서도 남편과 둘이 앉아 이렇게 차를 마셨던 기억은 별로 없었다. 영숙은 생각했다. 남편은 자신의 생일날, 이런 걸 해보고 싶었던 것일까. 어찌 되었든 영숙에게는 편안하고 아늑한, 오랜만에 남편이 참으로 고맙다는 생각이 들었다.

다방에서 출발한 뒤에도 길을 계속 달려야 했다. 영숙은 단둘이서 먼 여행을 하는 것이 정말 즐거웠다. 아직도 목적지로 가는 길목에 불과했지만 그렇기에 더욱 마음이 설렜다. 오곡이 무르익어가는 넓은 들판을 지나쳐 갈 때는 상쾌한 기분이 생겼다.

속리산 이정표를 따라갔다. 차 한가 지나가지 않은 한적한 길이 나왔다. 비포장도로가 나와 길을 잘못 들었을까 염려가 생겼다. 그러나 표지판이 계속되어 속리산에 다다랐다.

'지름길이었던 모양이군.'

영숙 부부는 차를 세우고 내려 절로 올라갔다. 속리산의 천연기념물 정의품 소나무는 잎이 누렇게 변해가고 있었다. 마치 죽어가는 것처럼 보였다. 소나무를 보호하느라 주위를 둘러싼 줄과 철주 주위를 뱅뱅 돌다 주위를 구경하며 사진을 찍었다. 조금 더 올라가자 법주사가 나왔다. 아름드리나무가 양편에 서서 그늘을 드리우고 있었다. 법주사 안에서는 평온한 얼굴의 미륵불이 찾아온 이들을 조용히 반겨주고 있었다. 영숙은 미륵불에게 절하고 나오자 응당 해야 할 일을 하고 나온 것처럼 기분이 상쾌했다. 남편도 주위를 둘러보고 절을 다녀오고 나자 두 사람은 절을 뒤로하고 산에서 내려가기 시작했다. 산에서 내려가는 길 냇가에 앉아 싸가져 간 치킨을 먹으니 배가 불렀다. 영숙은 그제야 이 시간에 산으로 올라가는 사람이 정말 많다는 걸 깨달았다. 두 부부가 산으로 오를 때만 하더라도 사람이 그렇게 많지는 않았었다. 사람들이 인파에 떠밀리다시피 산을 오르고 있었다. 구경할 만했다. 영숙 부부는 한참 동안 구경하다가 산에서 내려왔다.

길가 식당에서 점심을 먹고 수안보 온천으로 향했다. 방을 얻어 온천물에 목욕하는데 또 다른 천국은 없으리라는 생각이 절로 들었다. 목욕을 마치고 나오자 저녁이 다 되었다. 마음 같아서는 당장이라도 침대에 누워 잠들고 싶었다. 그러나 그럴 수는 없었다. 어머니가 혼자 집을 지키고 있었기에 마음이 편하지 않았다. 집을 향해 출발했다. 그리고 늦은 저녁이 되어 집에 도착한 부부는 어머니와 함께 나란히 앉아 티브이를 시청했다.

　오랜 시간 운전을 한 남편은 금방 잠이 들었다. 비록 남편의 생일상을 제대로 차려준 건 아니었지만 그래도 나름 즐거운 여행이었다고 생각했다. 남편과 단둘이 여행을 떠나본 건 거의 처음이었다. 이장 부부단 여행이다, 어느 모임의 여행으로 여러 번 여행을 다녀오기는 했지만 가장 가까이에 있는 사람과 단둘이 여행을 해보니 이보다 더 소중한 여행이 또 있을까 싶었다. 영숙은 남편과 더 많이 다녀보지 못한 것이 아쉬웠다. 앞으로는 더 많이 다녀봐야겠다고 생각했다. 또 생각해보면, 학업을 이어가지 못해 한이 되어 일기를 쓰기 시작한 영숙을 응원해 준 사람이, 바로 남편이었다. 영숙은 잠든 남편의 얼굴을 물끄러미 바라보다 일기장을 폈다. 한 자 한 자 적어나갈 때마다 남편과 만나게 된 것이 신기하고 이렇게 가정형편이 좋아져 남편과 여행을 할 수 있게 된 것도 신기했다. 어디 더 멀리 가지 못하더라도 이것만으로도 충분했다. 그리고 충분하게 기뻤다.

　일기를 쓰고 나자 나른함이 밀려왔다. 비록 운전은 남편이 했지만, 참 많이 걸었던 것 같았다. 영숙은 자신도 모르게 까무룩 잠이 들고 말았다.

## 편지가족

 어제 밤사이 내린 찬 서리가 녹기도 전에 이른 아침의 햇볕이 솟아올랐다. 빛나는 늦가을의 아침은 쌀쌀하다. 영숙은 어제 동네의 큰일을 돌보아 준 피곤함에 늦게야 가게 문을 열었다. 문 앞에서 기다리고 있던 옆집 할머니가 영숙에게 다가오더니 만 원권 두 장을 쥐여주었다. 영숙은 잠시 잠자코 있다가 할머니를 바라보았다.
 "어젠 돈을 많이 못 벌었어요. 이 돈으로 맛있는 것 사 잡수세요."
 할머니는 그렇게 말하고 흐뭇한 표정으로 돌아섰다. 영숙은
 "고마워요, 할머니. 잘 쓸게요."
 라고 말하고 할머니가 준 돈을 받아 주머니에 넣었다. 이렇게 받은 돈이 벌써 눈덩이처럼 불어나 있었다. 이 할머니는 돈을 벌어와 동네 사람들에게 매일같이 나눠주었다. 영숙은 돈을 받을 이유가 없었다. 처음에는 거절했지만 다른 생각이 떠올라 돈은 받기로 했다. 할머니 모르게 할머니의 저금통장을 만들어주면 되는 일이었다.
 통장에 쌓인 돈은 벌써 목돈이 되어 있었다. 제법 큰 돈을 그대로

할머니에게 돌려주는 일이 뿌듯하게 느껴졌다. 영숙은 기뻤다. 할머니는 자손이 있지만 혼자 살고 있었다. 4남매를 홀로 기르다가 유부남을 만났다. 그와 가정을 이루고 살며 큰 부인과 그 자손들에게도 도리를 다하며 살았다. 그리고 얼굴을 찌푸리는 일이 없었다. 무심한 세월이 주름살과 백발이라는 흔적을 남겨 놓고 움직임까지 둔한 노인으로 만들어 버리자 할머니는 남의 부인 있는 사람과 살아 죄를 많이 지어 자신의 모양새가 이렇다며 늘 용서를 바라는 마음으로 생활하고 있었다. 영숙은, 그런 할머니가 안타까웠다. 할아버지가 돌아가신 이후로 모시고 살겠다는 자식들의 청을 거절하고 여기저기 돌아다니며 얻어 모은 돈을 이 사람, 저 사람에게 나누어 주는 형편이었다.

영숙은 할머니가 처음 귀래로 이사 온 이후 할머니에게 조금의 도움을 주었다. 물질적인 도움은 아니지만, 구호 대상자로 알선해 배급을 타게 한 것이다. 그것 때문이었을까. 할머니는 유독 영숙에게 많은 돈을 줬다. 무료로 의료 시설을 이용하도록 하고 간장이나 된장, 고추장 같은 것을 자주 가져다드리자 신세를 갚는다며 돈을 가져온 것이다. 누더기를 걸치고 있는 할머니의 마음씨는 그 무엇보다도 값진 것이었다.

할머니의 이야기를 그냥 흘려보낼 수 없던 영숙은 글을 써서 '편지가족' 책자에 실었다. 그러자 서울중앙편지가족모임에서 글 뜻이 좋다며 기독교 방송국 여성시대로 영숙의 글을 보냈다. 결국, 여성시대에서 낭독하고 원고료 사례금으로 수만 원짜리 의류 상품권을 받았다. 영숙은 사람들이 누군가의 이야기를 담아내는 글을 가치 있게 받아주는 것에 기뻤다. 무엇보다도, 할머니의 사연은 요즘 시대에 보기 드물었다. 은혜를 갚겠다는 소중한 마음이 빛나는 일이었다.

이웃들도 돈을 모으기 시작했다. 할머니가 준 돈을 그냥 쓰기에는 역시 다들 마음이 편치 않았다. 영숙은 이웃들의 돈까지 도맡아 저축했다. 돈은 점점 불어났다.

후일, 서울에서 사는 할머니의 자식들이 영숙을 찾아 왔다. 어머니를 모시고 살지 못하는 것 때문에 마음의 짐을 안고 있었던 자식들은 영숙이 할머니의 돈을 대신해서 모으고 있다는 걸 알았다. 자식들은 이웃이 모아 놓은 돈이라도 잘 챙겨서 어머니에게 드려야겠다는 마음에 영숙에게 통장을 달라고 부탁했다. 영숙은 할머니의 딸들에게 말했다.

"제가 한 푼, 한 푼 모아서 이렇게 목돈을 만들었으니, 이 돈을 할머니를 위해 요긴하게 쓰세요. 사실은 내가 비양심적인 사람 같으면 주시는 대로 받아서 내가 써버렸으면 그만이지만 나는 할머니를 위해 모았던 것입니다."

"네. 고맙습니다. 정말, 고맙습니다. 아주머니가 달라고 한 돈도 아니고 우리 엄마가 자청해서 쓰시라고 한 푼 두 푼 드린 돈을 누가 이렇게 모아 준답니까. 이 은혜 잊지 않겠습니다."

할머니의 자식들은 그렇게 말하면서도 영숙에게 따로 봉투를 하나 건넸다. 한사코 거절하는 영숙에게 딸들이 말했다.

"우리 두 형제의 마음을 조금씩 담았습니다. 이것을 안 받으시면 우리가 너무 염치없는 사람이 되는걸요. 우리 마음을 좀 편하게 해 주십시오."

결국, 영숙은 성화에 못 이겨 봉투를 받았다. 할머니의 자녀들이 공손하게 인사하고 돌아가는 것을 보고 집으로 돌아왔다.

영숙은 탁자 위에 올려놓은 봉투를 내려다보았다. 막상 감사한 마음이라며 받은 봉투였지만 받는 게 옳은 일인지 자꾸만 되새겨졌다. 그러면서도 돈을 주고 가는 할머니의 뒷모습도 떠올랐다. 마음이 아팠다. 그래도 얼마나 다행인가. 나이든 부모를 모시기 싫어하는 자식들이 많은 시대에 어머니를 조금이라도 더 잘 모시려 하는 자식들이 있으니. 할머니는 행복한 분이라는 생각도 들었다.

사람은 혼자서 살 수 없다. 영숙은 자신의 울타리 옆에 사는 이웃들이 마음이 따뜻한 사람들이어서 감사했다. 이웃들은 영숙과 함께 할머니의 돈을 모아주었고, 할머니 또한 영숙의 마음을 따뜻하게 만들어 준 사람이었다. 영숙은 이웃들에게 받은 게 많으니 자신도 더 많이 베풀고 더 좋은 사람이 되어야 한다고 스스로 다짐했다. 항상 하는 다짐이었지만, 이번에는 또 감회가 달랐다. 받은 마음이 있으니 더했다. 이웃들의 마음에 감사하며 일기를 썼다. 손이 저릴 때까지, 성실하게.

## 어머니 운명

여름 휴가철, 영숙의 남동생이 휴가를 받아 가족을 데리고 집으로 놀러 왔다. 친정어머니는 아들 며느리와 손주들이 너무 오랜만에 온 때문인지 아이처럼 즐거워했다.

"어쩜 이렇게 얼굴 보기가 힘이 드니. 좀 여러 날 놀다 가지 그래. 요즘 부쩍 너희들이 보고 싶어서 힘이 들었는걸."

"네, 어머니. 안 그래도 좀 쉬다 가려고 합니다. 마침 휴가도 받았구요."

오랜만에 만나는 자손들이 반가워 기뻐하던 어머니는 갑자기 전날 저녁부터 앓아누웠다. 영숙은 걱정이 되었다. 정성껏 간호했으나 어머니는 더 나아지는 기색이 없었다. 급기야 혼자 자는 걸 좋아했던 어머니가 잠들기 전 영숙의 손을 꼭 쥐고 얘기했다.

"너도 오늘 밤에는 이 방에서 같이 자려므나."

"어머니, 오늘은 우리 내외와 아이들이 있으니 누님은 누님 방에 가서 자라고 하세요."

어머니를 지켜보던 남동생이 끼어들어서 얘기했다. 그러자 어머니는 힘없이 대답했다.
"그러면 그렇게 해라."
영숙은 금방 의기소침해지고 기가 꺾이는 어머니를 보자 마음이 좋지 않았다. 아무리 생각해도 어머니의 말에 따르는 것이 좋을 것 같았다.
"아니요, 여기서 잘 깨요."
영숙과 남동생 가족 그리고 어머니까지 좁은 방안에서 다닥다닥 붙어 자야 했다. 물론 답답하기는 했다. 하지만 오히려 오랜만에 가족들과 이런저런 얘기꽃을 피웠다. 참 즐거웠다. 그 바람에 밤잠을 설치고 말았다. 그러나 어머니는 즐겁지 않은 것 같았다. 어머니는 빈속임에도 불구하고 새벽부터 자주 헛구역질을 했다. 어머니에게 소화제를 먹이는 방법밖에 없었다. 아침상을 차렸다. 그런데도 어머니는 아무것도 먹지를 못하고 그저 소화제만을 찾았다. 남동생 가족들은 어머니가 벗어놓은 옷과 침구를 세탁할 겸사로 냇가로 물고기를 잡으러 갔다.
어머니는 점심 식사 때에도 아무것도 입에 넣지 못했다. 영숙의 부축으로 겨우 방으로 들어간 뒤로는 자꾸만 구토했다. 구토한 수건을 빨아 가져오니 어머니가 영숙을 찾고 있었다.
"요강을 좀 가져와 봐라. 자꾸 올라오려고 하니."
영숙은 급한 대로 요강을 찾아 가져왔다. 하지만 먹은 게 없어 헛구역질만 나올 뿐이었다, 상태는 더 나빠지고 있었다. 자리에 눕히려는 순간이었다, 어머니가 갑자기 전신을 떨며 기를 쓰더니 금세 스르르 쥐었던 손을 펼치며 눈을 감았다. 평소와 너무 다른 어머니의 모습이었다. 영숙은 당황하여 건넌방에서 쉬고 있는 영숙남편을 소리쳐 불러냈다.

"어서! 이리 좀 와봐요. 어머니께서 이상해요!"

"장모님 운명하시는 것 같은데."

영숙 남편이 놀라 뛰어 들어와 어머니를 살피더니 하는 말이었다. 영숙은 전혀 생각조차 못 했던 뜻밖의 일이 일이었다. 어찌해야 할 바를 몰랐다. 너무 청천벽력이었다. 하늘이 무너져 내리는 것 같았다. 남동생 가족들도 헐레벌떡 달려들어 왔다. 어머니가 돌아가신 것을 확인하더니 할 말을 잃고 말았다. 집안에서 울음소리가 오래도록 끊어지지 않았다. 어머니. 어렸을 때부터 영숙의 곁을 지켜주었던 어머니. 영숙의 힘든 시간을 옆에서 묵묵히 지켜 봐온 어머니. 몸이 아파도 자식들의 걱정이 먼저였던 어머니. 영숙은 그랬던 어머니가 떠나고 없다는 사실에 통한의 눈물이 저절로 흘러나왔다. 하지만 땅을 치고 후회해 보아도 이미 어머니는 자신의 곁을 떠난 뒤였다.

집안의 울음소리는 오래도록 이어졌다. 어머니의 장례식장에서도 찾아오는 손님들이 길게 흐느꼈다.

영숙의 어머니는 돌아가신 아버지 산소 옆자리에 묻혔다. 영숙은 흙을 한 줌 퍼 어머니의 관에 밀어 넣을 때 이제 정말 먼 곳으로 가셨구나 하는 생각을 했다. 맑게 갠 좋은 날씨 아래에서 사람들은 극락왕생을 기원하며 애절하게 울며 축원했다. 영숙은 장지에서 내려오며 생각했다. 이제야 어머니가 아버지 곁에 눕게 되었구나. 젊어서부터 영감님 곁을 모르고 사시다 돌아가셨으니, 이제라도 곁에 누우시니 마음이 편하구나. 집에 돌아온 뒤 멀리 가야 하는 친지들은 일찍 출발하고 남은 가족들끼리 저녁 제사를 지냈다. 뒷정리를 끝내고 방으로 들어가자 이미 시간은 한밤중이었다.

영숙은 불 꺼진 방안에 조용히 앉아 멍하니 벽을 바라보았다. 이제 작은어머니밖에 남지 않았다. 아버지도, 어머니도 영숙의 곁을 떠났다. 원래도 가족들과 함께, 부모님에게 폐 끼치지 않고 스스로 살아가고 있었건만, 그들의 빈자리가 이렇게 크게 느껴질 거라고는 미처 생각하지 못했다. 그저 조용히 눈을 감고 어머니와 가졌던 추억들을 되새겨 보았다. 일기를 펼치면 그 안에 어머니와의 추억이 가득히 담겨 있으리라는 것도 알고 있었다. 그러나 굳이 불을 켜면서까지 읽고 싶지는 않았다. 오히려 지금까지 울었던 것보다 더 많이 울게 될 것 같아 깜깜한 어둠 속에 홀로 앉아 있었다.

영숙은 기억을 되짚다가 눈가에 맺힌 눈물 자국을 닦아내고 얼른 자리에 누웠다.

'돌아가신 어머니가 이 모습을 보신다면 기뻐하시지 않겠지.'

영숙은, 더 나은 사람이 되어야 한다고 생각했다. 남은 자식으로서 어머니에게 부끄럽지 않으려면 더 나은 사람이 되어야만 한다고. 떠난 이들은 떠나갔으나 영숙은 남아 있는 사람이었다. 남은 이들에겐 아직 남은 이들의 인생이 있으니, 영숙은, 살아내야 했다. 그것도 잘 살아내야 했다. 그렇기 위해선 얼른 잠이 들어야 했다. 자야지만, 자야지만 내일이 오고 내일이 와야 다시 살아 낼 수가 있으니까.

마음을 다잡은 영숙은 얕은 한숨을 쉬고 금방 잠이 들었다.

## 작은딸의 해산

작은딸이 결혼하던 날. 하얀 드레스를 입은 모습이 아직도 눈에 선한 것 같았다. 그 어리고 예쁜 딸이 남편감을 데려와 결혼까지 하다니. 벌써 두 자녀가 가정을 지키는 사람이 되어 영숙의 뿌듯한 마음은 이루 말할 수 없었다. 그러나 엄마가 되는 길은 멀기만 하다. 분만실 앞에 불안한 마음으로 앉아 벽 너머에서 넘어오는 소리에 집중했다. 작은딸은 간간이 신음하고 있었고, 아이는 쉽게 나올 생각이 없는 듯했다. 산통 소리는 커졌다가 볼륨을 줄인 듯 작아졌다. 그리고 엄마를 부르는 소리가 들려왔다. 무척 아픈가 보다. 영숙은 출입이 금지된 분만실을 몰래몰래 들어가 고통스러워하는 딸의 얼굴을 쓰다듬어 주고 나오곤 했다. 몇 번을 그렇게 서성이다 답답한 마음에 의사와 간호사에게 물어보면

"이제 다 됐습니다. 조금 있으면 낳겠어요."

라는 대답이 돌아왔다. 영숙의 마음은 점점 더 답답해졌다. 그 대답을 벌써 수도 없이 들었기 때문이다.

뱃속에서 꼼짝하지 않던 아이가 까맣게 타들어 가는 어른들의 마

음을 알아챈 모양이었다. 저녁이 되자 의사의 큰 소리가 들려왔다. 산모에게 힘을 주라며 목소리를 높였다. 안절부절못하며 발을 동동 거렸다. 고비를 잘 넘겨야 할 텐데, 이러다 산모가 죽는 건 아닌지, 영숙은 불안했다. 십여 분이 지났을 무렵이었다. 아이의 우렁찬 울음소리가 들려왔다. 아이의 울음소리가 들린 뒤로는 아무런 기척이 없었다. 분만실이 정적에 휩싸여 있었다. 간호사도, 의사도 바깥으로 나오지 않고 있었다. 마음이 극도로 불안해져 어찌할 바를 모를 때였다.

"김선옥 보호자 아들 낳으셨습니다."

간호사가 아기를 안고 나와 하는 말이었다. 가족들이 반가운 마음으로 아이에게 다가갔다. 아이는 엄마 뱃속이 그리운지, 그것도 아니면 무어가 억울한지 아직도 건강하게 울고 있었다. 산모는 다행하게도 괜찮았다.

영숙은 아이를 낳은 딸에게 미역국을 먹이고 날이 밝은 후에야 집으로 돌아왔다. 그리고 영숙 부부는 잠을 설쳤기에 초저녁잠에 빠지고 말았다. 마음만은 편했다. 탈 없이 무사하게 출산했기 때문이다. 손주가 사뿐히 잠든 모습은 마치 하늘에서 내려온 천사를 빼닮아 있었다. 영숙은 잠시 더 먼 미래를 생각했다. 아기인 손주가 자라서 학교에 가고, 어른이 되고. 어린아이였던 딸들이 엄마가 된 것처럼 딸들도 머지않아 자신의 자식들이 커가는 모습을 지켜보게 될 것이었다.

게다가 큰아들이 며느릿감을 데리고 왔었다. 얼마 후면 큰아들이 결혼식을 치를 참이었다. 영숙은 계속 이어지는 자손이라는 끈이 얼마나 소중한 것인지 생각하며 잠속으로 빠졌다.

## 시어머니의 회한

늦가을의 오후, 맑고 새파란 하늘에 들에 핀 국화 향기가 온 누리에 가득했다. 나이 많은 이웃 아낙네들이 모이다 보니 자연스레 술좌석이 벌어졌다. 그 자리에는 영숙의 시어머니도 있었다. 늦가을의 짧은 해는 말없이 서산 위로 숨바꼭질을 했기에 오래도록 술판이 벌어질 수는 없었다. 저녁 걱정을 하며 집으로 돌아가자 약주를 마실 때면 언제나 눈물을 뚝뚝 흘리기 시작하는 영숙의 시어머니였다. 어김없이 또 서글프게 울기 시작했다.
"어머니, 제발 남 보는 앞에서 눈물 흘리지 마세요. 저희 자식들이 어머님께 잘하느라고 노력하고 있는데 왜 어머님은 그렇게 눈물이 많으세요. 남이 보면 자식들이 불효해서 그러신다고 저희가 욕을 먹습니다. 제발 부탁드리니, 울지 마시고 즐거운 마음으로 행복하게 사세요. 이제 얼마 남지 않은 여생 그렇게 우시다 가시면 자식들의 가슴에 한이 맺힙니다."
그러나 시어머니의 귀는 들리지 않는지 아무리 애원을 해도 굵은 눈물방울은 멈출 줄을 모르고 쏟아내고 있었다. 속사정을 도저히 알

길이 없었다. 영숙은 뭐가 마음에 들지 않았는지 얘기해 달라며 애원했다. 그러자 시어머니는 눈물을 멈추지 못한 채로 대답했다.

"너희들이 잘못해서 그러는 것이 아니다. 너희가 무얼 잘못했니. 단지 내가 살아온 길이 너무 험준하고 억울해 술만 한잔 마시면 나도 모르게 눈물이 나서 그러는 거란다. 지금같이 좋은 세월에 앞길이 얼마 남지 않았다고 생각하니, 너무 서러운 셈이지. 어려서 어머니, 아버지가 일찍 돌아가시고 부모님 사랑도 못 받아보았는데, 어머님의 기억을 아무리 더듬어 보아도 희미한 기억조차 떠오르지 않는구나. 부모님 산소 앞에 성묘도 한 번 못 해보았단다. 오라버님과 올케님 밑에서 혹독한 설움을 받으며 어린 시절부터 눈물 마를 날이 없었지. 그러다 시집을 가게 된 거란다. 아무것도 모르는 어린 나이에 혼삿말이 들어왔는데 부족한 것 많은 사람이 무슨 시집이냐고 했더니 올케와 오라버님은 부잣집이니 아무 말 없이 하라는 대로 하라더라. 내가 무슨 힘이 있겠니. 거기에 가만 생각해보니 시집을 가면 지금보다 낫겠지 싶어 시집이라고 가보니 갈수록 태산이라 오빠, 올케의 설움보다 더한 고생살이가 나를 기다리고 있더구나. 아이들이 4남매가 있는 재취 자리인 데다가 젖 달라고 울어대는 한살 짜리 아기도 있고 얼마나 고생을 했겠지. 젖먹이는 젖을 먹여야 하는데, 어쩔 수 없이 유모를 두고 젖을 먹이고 본가에 매달 쌀도 보내야 하니 살림살이가 너무 힘들었단다. 아기는 맨날 목청이 찢어지게 울지, 애 업고 달래는 나도 울지, 그렇게 몇 년 지나니 아기는 공도 모르고 감창이라는 병에 걸려 저세상으로 떠났단다. 결혼생활인지 생지옥인지 울며불며 살다 보니 아기를 낳고 자식 키우며 세상 산다는 재미는 하나 없이 꽃다운 젊은 시절은 눈물 속에 보내고, 자식들도 몸이 아파 죽고 아기를 낳다 죽으니 험준한 가시밭길을 넘듯이 걸어온 삶이 어찌나 억울한지. 원통해서 술만 한잔 마시면 뜨거운 눈물이 시도 때도 없이 쏟아지는 것을 어쩌란 말이냐. 지금 남아 있는 아들, 딸, 손주, 손녀 누구 하나 내 마음을 서운하게 하는 것도 아닌데 내가 살아온 길이 너무 원통해 지금같이 좋은 세상에 아무리 자식들의 효를 받아도 지나간 옛날의 억울함과 한 많던 세월을 보상받을 수 없으니, 서럽지 않겠니. 자식들의 효를 받을 만하니 몸이 늙어 아픈데도 많고 갈 길은 가까워만 가는 게 어찌나 억울한지. 참으려 해도 눈물이 절로 흐르는걸, 나오는 게 한숨뿐이란다. 내 마음 내가 어쩔 수 없어서 미안하지만 내 마음을 이해해다오."

　시어머니는 애절하게 울면서 하고 싶었던 말들을 쉼 없이 쏟아냈다. 마치 그렇게 오래도록 쏟아내고 나면 인생의 고단함을 참아온 억울함이 한꺼번에 풀리는 것처럼. 하지만 그 응어리는 쉽게 풀리지 않을 것이다. 시어머니의 마음속에 있는, 인생의 질긴 상처는 오히려 시간이 지날수록 더 선명해질지도 모르는 일이었다. 영숙은 자신도 모르게 어느새 시어머니 옆에서 함께 눈물을 흘리고 있었다. 얼굴에 깊게 팬 주름 사이사이로 시어머니가 걸어온 가시밭길이 보이는 것도 같았다. 화장지로 시어머니의 눈물을 닦아드린 후 말했다.

　"어머니, 이해하고 말고요. 부디 오래오래 만수무강하세요. 저희가 어떻게 해야지 어머님의 슬픔이 만분지 일이라도 치유될 수 있을까요. 더 노력하고 더 잘할게요."

　고부는 서로의 손을 맞잡고 함께 우는 수밖에는 다른 방법이 없었다. 많은 시간이 흐르고 나서, 이를테면 시어머니가 떠나고 나서, 도리를 다하지 못한 것을 후회한들 무슨 소용인가. 영숙은 할 수 있는 만큼 최선을 다했었다. 하지만 흘러간 세월을 붙잡고 울고 싶은 시어머니의 마음을 모르는 것은 아니었다. 그건, 누구도 어찌할 수 없는, 인생이 준 서글픔이었다.

  영숙은 아픈 마음으로 일기를 썼다. 시어머님을 모시고 여행이라도 가야겠네. 영숙은 천천히 시어머니와 갈 여행 계획을 써 내려갔다. 시어머니가 우는 모습이 머릿속에서 떠나지 않았다. 아픈 마음을 애써 감추며 더 활짝 웃고 더 많이 효도하리라 다짐했다. 흘러가는 세월 앞에서 시어머니가 덜 억울할 수 있게 더 많이 노력하기로 마음먹었다. 그 수밖에 없었다. 언제나 가족의 곁을 지켜주고 계신 분이었기 때문에, 이제는 영숙이 그 곁을 지켜드려야 한다고 생각했다. 영숙이 생각하기에 도리란 바로 그것이었다.

## 기차여행

 십여 년 만에 타는 기차였다. 거기에 경부선은 처음 타니 밖의 산천도 낯설고 볼 것도 많았다. 파랗게 자라나는 농작물도 볼만했다. 영숙은 끝도 없이 펼쳐져 있는 들판이 보기 좋다고 생각했다. 십 년이면 강산도 변한다는데 열차의 시설도 확 달라져 있었다. 당연히 남녀 공용 화장실로 생각했다. 화장실에 갔다가 남자 여자 화장실이 따로 분리되어 있어서 영숙은 어리둥절했다. 거기에 비누까지 준비되어 있고, 따뜻한 물도 나왔다. 영숙은 자리에 앉아 세월이 흐르며 변화한 것들에 새삼 놀랐다. 아직 대구까지는 멀었다. 같이 앉은 시어머니와 제천 시누님도 땅거미가 깔린 세상을 바라보느라 바빴다.
 저녁이 다 되어 동대구에 도착했다. 작은딸의 집에 온 것이라 딸이 마중을 나왔는지 찾았다. 제천 시누님과 함께 시어머니를 모시자 저 멀리 사람들 물결 속에 사위가 눈에 띄었다. 초봄의 밤바람은 차가웠다. 일행은 바로 자가용을 타고 딸의 집으로 향했다.
 아기를 껴안고 나온 딸은 환하게 웃고 있었다. 영숙은 엄마의 품속에서 내복 바람으로 이 찬바람을 맞고 있는 아기가 걱정도 되었지만,

영숙을 오랜만에 보았는데도 울지 않고 좋아하는 모습에 무척 기뻤다. 잘 들어보니 할머니 소리도 제법 한다. 영숙은 손주가 추울까 걱정되어 얼른 재촉해 들어갔다.

저녁상을 받고 얼마 있다 금방 잠이 들었다. 피곤했던 여정에 눈도 뜰 수 없었다. 이튿날에 잠이 깨었다. 아침을 차리려 하자 딸이 말리기에 영숙은 별수 없이 방으로 도로 들어와야 했다. 대신 시어머니, 시누와 함께 이런저런 이야기를 하며 시간을 보냈다.

낮이 되어 딸의 식구와 함께 경치 좋고 조용한 산골 식당에서 밥을 먹었다. 강원도보다 포근한 날씨 탓인지 하얀 목련이 가득 피어 있었다. 가로수에 개나리도 노란 봉오리를 수줍게 터뜨렸다. 영숙은 하얀 목련을 보며 모진 비바람과 눈보라 속에서도 봄이 오기를 묵묵히 기다렸으리라는 생각을 했다.

'나도 오늘까지 가족들이 내 마음을 알아줄 때까지 무던히도 기다리고 살다 보니 이런 즐거운 날이 왔구나. 지금까지 묵묵히 살아오면서 이런 날을 기다려 온 것이나 다름없지 않은가.'

아침에 시누에게 겉으로 표현 못 하고 말을 안 했을 뿐 영숙과 같은 사람이 또 어디 있겠냐며 마음은 간절하고 고마움을 느끼면서도 말로 표현을 못 해 미안했다는 말을 들었다. 결혼해서 오랜 세월 살아오며 서운한 것, 힘들었던 것들이 많았지만 그럼에도 묵묵히 삶을 견뎌온 보람이 있었다.

저녁이 되자 서울에서 큰딸이 아이들 남매를 데리고 왔다. 다음 날 늦게까지 자고 일어나 낮에 시장을 구경했다. 시장 구경을 끝낸 영숙은 원주로 돌아갈 마음을 먹었다. 대구에서 원주로 가시기에 몸이 힘든 시어머니는 대구에 조금 더 머물기로 했다. 큰딸 가족을 먼

저 서울로 보내려 공항으로 나가니 어찌나 차가 많은지 너무 복잡했다. 결혼식을 올리고 제주도로 신혼여행을 가는 사람이 많은 것 같았다. 차에 오색 테이프를 두르고 풍선을 단 차가 유난히도 많이 보였다. 영숙은 시집가던 날 자신의 모습을 떠올리며 장성한 젊은이들을 흐뭇하게 바라보기도 하고 그들의 미래를 남몰래 축복해주었다.

큰딸 가족이 서울로 가는 모습을 보고 나서야 영숙은 시누님과 같이 무궁화 열차에 올랐다. 오색 불빛이 찬란한 대구역을 열차는 미끄러져 열심히 달렸다. 영숙은 이번 여행은 잊지 못할 것 같다고 생각했다. 푸근한 마음의 수확을 얻었기 때문이다. 오랜 시간 열심히 살아온 생의 흔적을 가족들에게 인정받기도 했고 앞날이 창창한 자식들과 손주들이 이 여행에 함께 했기 때문이기도 했다. 또, 지금까지의 삶을 억울하게 느껴온 시어머니와 함께했던 여행이었기에 더욱 잊을 수 없을 것 같았다.

집에 돌아온 영숙은 일기장을 앞에 놓고 시어머니가 대구에서 잘 계실지 다시 생각했다. 언제나 최선을 다한다고 생각했지만, 시어머니는 과거 속에서 눈물로 하루하루를 보내고 있었다. 시어머니의 마음속 아픔이 조금은 가시기를 바라며 대구에서 편안하고 즐겁게 시간을 보내셨으면 좋겠다고 바랬다. 일기를 쓰며 시어머니를 조금 더 잘 이해해보려 했다. 영숙에게는 글을 쓰면 어쩐지 다른 사람을 더 잘 이해할 수 있었다. 그리고 여행 동안 보아온 시어머니의 약한 모습들을 떠올리자 마음이 아팠다. 그리고는 지금까지 열심히 살아온 인생만큼이나 남은 인생에 최선을 다해야 한다고 다짐했다. 그러지 않으면 안 되었다. 자손들과 함께 하는 미래, 시어머니와 시누이와 함께해온 과거, 영숙은 그것들을 품에 안고 지금을 열심히 살아야 한다고 생각했다.

  일기장을 덮었다. 지금을 살기 위해서는 몸도 쉬어야 했다.

## 삼풍백화점 붕괴

　수십억 대 재벌이 한순간에 살인마가 되었다. 서울 서초구에 있는 삼풍백화점 5층 건물이 갑자기 무너지는 대참사가 벌어졌다. 그 건물에 근무하는 임직원만 해도 680명이나 된다고 한다. 게다가 저녁 시장을 보러 가는 수많은 사람이 모여드는 시간이었다.
　'이게 무슨 날벼락이란 말인가! 가족들은 얼마나 불안함에 떨고 있을까!'
　영숙은 생각만 해도 끔찍했다. 뉴스만 보아도 가슴이 아팠다. 사망자와 부상자, 또는 실종자가 모두 천여 명이 넘는다고 보도되었다. 순식간에 자식을 잃은 부모의 통곡 소리, 또 부모를 잃은 어린아이들의 애절한 울음소리가 삽시간에 울려 퍼지고 있었다. 온 세상이 무너지는 듯한 불안감과 더불어 영숙의 마음도 찢어지는 것 같은 아픔이 느껴졌다. 티브이 속에는 119 구조대와 소방대, 군인, 경찰이 합동으로 구조작업을 벌이는 장면이 이어졌다.
　생존자와 사망자를 연속 앰뷸런스와 구조 차량으로 인근 병원에 후송시키느라 많은 사람이 밤낮을 가리지 않고 고생하고 있었다. 뉴스 속 기자들은 사장과 높은 직원들이 오전 8시부터 5층 건물에 금이 가고 건물이 흔들리는 느낌을 받았다고 보도했다. 고객들 모르게 처리하려고 했으나 너무 빨리 무너져 직원들과 고객들에게 대피도 못 시키고 그들만 명목을 붙여 빠져나왔다는 심증도 있었다. 영숙은 속이 끓었다. 재산이 천 억대가 넘는 대재벌이 하루 장사를 더 하려고 하다 이게 무슨 참변이란 말인가. 그렇게 많은 생명을 잃게 하고도 죄의식을 못 느끼는 듯 불순한 태도에 분개했다. 뉴스는 계속해 삼풍백화점 사고에 대해 보도했다. 경찰서에서 심문을 받는 이준 회장의 태도가 보도되자 영숙은 참을 수 없는 분노를 느꼈다. 사람 죽은 것만 대단한가, 나는 재산이 다 날아갔는데. 이준 회장이 취재반과 카메라맨들에게 생각 없이 뱉은 말이었다.

'사람의 목숨은 중하지 않단 말인가! 자기 재산 날아가는 것만 가슴 아프다니. 하기야 그런 흑심이 있었으니 그렇게 많은 재산을 모았겠지. 양심이 바르고 남의 생명을 귀중히 여기는 어진 사람이었다면 그렇게 많은 재산을 벌 수 있었을 것인가.'

영숙은 뒤이어 건설업계에 대해 속으로 한탄했다.

'지은 지 몇 년 안 되는 건물이 그렇게 쉽게 무너졌다는 건 부실공사라는 걸 누구나 다 알 텐데. 건설업자들도 돈만 많이 벌려고 하니 그렇게 된 것일 테다. 좋은 자재를 써서 튼튼하게 지었다면 이런 일이 있었을까! 이 사회가 어떻게 되려고 대기업들이나 건축업자들이 돈만 많이 벌려고 튼튼하게 짓지 못한단 말인가.'

많은 사망자 속에는 꽃다운 여직원들이 더 많고 딸 삼 형제를 동시에 잃은 부모가 있는가 하면 아직도 생사를 모르는 유가족들의 오열 속에 한 사람이라도 더 목숨을 건져 보려 밤낮을 가리지 않고 복구 작업 끝에 51시간 만에 극적으로 구출된 미화원들도 있었다. 영숙은 텔레비전 앞을 떠나지 못하고 한 사람 한 사람 구조될 때마다 힘찬 박수로 고마움을 전했다.

그날 밤 영숙은 잠자리에 들기 전 일기장을 펴놓고 진정되지 않는 마음을 진정시키려 노력했다. 만일, 내 가족들이 저 무너진 건물 안에서 아직도 구조되지 못하고 깔려 있다면 나는 무엇을 할 수 있단 말인가. 영숙의 생각엔, 할 수 있는 게 아무것도 없는 것 같았다. 부모를 잃고 자식을 잃은 이들의 멍든 가슴과 아픈 상처를 누가 치료해 줄 수 있단 말인가. 아니, 치료되는 것이란 말인가. 영숙은 멍든 가슴은 돈으로도 치료되지 않을 것으로 생각했다.

삼풍백화점이 무너지던 날, 영숙이 일기장에 쓴 것은 더 많은 생존자가 나오기를 간절히 바라는 마음과 함께, 다시는 이런 사고가 반복해 일어나지 않기를 바라는 마음이었다. 그리고 썼다. 더 많은 돈을 갖기 위해 결국, 회장은 살인마가 된 것이나 다름없다고. 돌아오지 못하는 곳으로 가 버린 사람들의 가족들이 얼마나 애통할지 생각하니 눈물이 나왔다. 더 많은 희생자가 나오지 않기 바라야 했다. 아직도 희생자를 구출하고 있었으니까. 영숙은 온 힘을 다해 이렇게 슬픈 비극을 잊지 말아야 한다고 생각하며 뉴스에서 보도된 내용을 최대한 자세히 썼다. 그리고 다시 더 읽었다. 그렇게 읽고 나면 읽은 내용이 머릿속에서 지워지지 않을 것처럼 느껴졌다. 안타까운 가슴을 안고 잠이 들었다. 하지만 선잠이었다. 얼른 아침에 일어나 티브이로 더 많은 생존자가 구출되었는지 확인해야 했기 때문이었다.

## 국가적 재난

어제부터 내리던 비는 여전히 부슬부슬 멈추지 않고 잘도 내렸다. 영숙은 일요일이라 늦게 일어나 아침 준비를 하며 청소를 하느라 분주히 방안을 서성거렸다. 갑자기 텔레비전에서 방송이 나왔다. 상품백화점 붕괴사건 11일 만인 아침 7시 13분에 생존자가 살아있다는 것을 발견했다는 것이다. 영숙은 너무나 뜻밖이며 반가웠다. 걸레질하던 손을 멈추고 텔레비전 앞에 바짝 가서 상황을 열심히 지켜보았다.

  백화점 A동 3층 중간 지점의 시멘트 잔해를 굴삭기로 퍼내다가 사람 살려 달라는 소리를 어렴풋이 들었다고 했다. 장비를 사용하다가는 생존자에 더 위험해질을 염려했다고 한다. 구조대원들이 맨손으로 열심히 콘크리트를 치우고 용접기로 철근을 잘랐다고 했다. 그리고 한 시간 동안을 노력하여 8시 21분에 무사히 구조한 것이다. 사고 난 지는 11일 만이고 시간으로는 무려 230시간 만이다. 콘크리트 더미 밑에서 세상 밖으로 나왔으니 가족들이 그 얼마나 기쁠 것인가.

영숙은 티브이에서 눈을 뗄 수가 없었다. 최명석 씨가 가까스로 구조되어 들것에 실려 나와 구급차로 향하고 있었다. 수척해진 생존자는 어름어름 무언가를 말했다. 가족들과 인터뷰하는 보도진들이 말하기를, 부모님이 무고하신지 물었다는 것이다. 영숙은 가슴 한구석이 찌르르해지는 걸 느꼈다. 효심이 얼마나 지극한 사람인가.

최명석 씨의 가족들은 자원봉사자로 참여해 지금까지 열심히 부서진 시멘트 조각을 끄집어내고 있었다. 아들이 콘크리트 밑에 묻혀 있는 것을 안 이후부터였다. 십여 명이 넘는 가족들이 지금까지 계속해 구조작업을 하면서도 아들이 살아있을 것이라는 신념을 버리지 않았다는 것이다.

'지성이면 감천이라 했었지. 가족들의 정성에 하나님이 감동을 했나 보다. 소중한 자식을 찾을 수 있어서 얼마나 다행인가!'

생존자의 가족들은 아들이 살아 돌아와 정말 기쁘고 다행이지만, 아직도 생존자를 찾지 못한 다른 유가족들에게는 미안하다고 인터뷰했다. 영숙은 가만히 지켜보며 생각했다. 살아 돌아온 자식을 품에 안고 다른 유가족에게 미안함을 느끼는 그 마음은, 또 어떠한 것인지. 저 현장은 생지옥일 것이다. 사람의 목숨은 초로와도 같다는데, 어떤 목숨은 풀잎에 맺힌 이슬이 날아가 버리듯 금방 숨이 꺼질 것이고 그와는 반대로 여러 날을 버티다가 살아날 수도 있을 것이다. 영숙은 콘크리트 더미 밑에서 아직 돌아 오지 못하는 사람들을 생각하자 가슴이 미어졌다. 그래도 얼마나 다행인가. 생존자가 한 명이라도 이렇게 살아있을 수 있다는 것은.

영숙은 그날 밤 일기장을 펼쳤다. 남편과 낮에도 이야기했지만, 생존자가 구사일생으로 구한 목숨이니 별 탈 없이 무사히 건강한 몸으로 회생하기를 기도했다. 그러나 아직 무너진 건물의 더미 밑에 있는 죽어가는 생명이 있었다. 영숙은 그들을 떠올리며 간절한 마음으로 일기를 적어가기 시작했다. 돈에 대한 욕심 때문에 벌어진 사고였다. 그 사고의 피해자들은, 누구보다 자신의 삶에 최선을 다하던, 선량한 시민들이었을 것이다. 영숙이 생각하기에는 그랬다. 그들을 떠올리며, 이 사건을 잊지 않기 위해 더욱 쓰는 수밖에 없었다. 그게 그녀가 할 수 있는 국가적 재난의 피해자들에 대한 예의였다.

## 작은 며느리

 이른 봄 따스한 햇볕이 내리쬐었다. 창밖의 하늘을 올려다보았다. 작은 며느리의 집이었다. 어젯밤 영숙은 작은 며느리의 생일을 챙겨주고 싶은 마음에 귀래에서 올라왔다. 며느리가 처음으로 맞는 생일은 시어머니가 챙겨줘야 좋다는 말이 있으니 신경을 안 쓸 수 없었다. 거기에 며느리들에게는 잘 해주고 싶었던 게 영숙의 마음이었다.

 '이 아침부터 가서 아침상을 차려주기에는 아들도 출근하고 부담스럽겠지.'

 영숙은 아들이 출근한 후 작은 며느리와 마주 앉아 이런저런 이야기를 나누었다. 시골의 생활과 건강하게 잘 지내고 있는지에 대한 안부. 영숙은 시간이 가는 줄 모르고 이야기를 나누다 아차 싶었다. 며칠 전의 큰 며느리 생일을 깜빡 잊고 있었다. 축하할 날은 이미 지나가기는 했지만 작은 며느리 생일과 함께 겸사겸사 생일을 쇠면 어떨까 싶었다. 큰 며느리에게 전화를 걸었다.

 "여보세요. 큰애냐? 어젯밤에 오느라고 너의 집에 못 가고 여기 작은 애 집에서 잤는데 오늘 특별한 계획이 없으면 이리 와서 우리 셋이 나가서 외식이라도 하자꾸나."

"네. 별일은 없어요. 조금 늦게 열 시쯤에 갈게요."

열 시가 조금 넘자 큰며느리가 도착했다. 좋지 않은 일들이 있어 마음이 편하지 않은 큰며느리에게 기분전환도 시켜줄 겸 잘된 일이라 생각했다.

영숙은 큰 며느리와 작은 며느리를 양쪽에 세우고 집을 나섰다. 며느리들과 함께 시장을 나서자 영숙의 마음은 금방 행복해졌다. 세 고부는 오래 걸리지 않아 부평 시장에 도착했다. 생일 기념선물을 사 주려 하자 시장은 너무 크고 넓었다. 한 바퀴 도는 데만 해도 시간이 꽤 걸렸다.

"애들아, 너희들 생일기념으로 옷이나 한 벌씩 사 주려고 그러니 너희들 마음대로 옷을 골라 봐라."

예쁜 며느리들에게 선물을 해주고 싶었던 영숙이 말했다.

"어머니 제 것은 그만두시고 동서 생일은 처음이니 동서 것만 사 주세요."

"아니다. 엊그제 네 생일에 못 해준 것을 이번에 함께 해 주려 마음 먹었단다. 아무 소리 말고 마음에 드는 대로 골라보렴."

"예, 알았어요."

생일이 지난 큰 며느리는 결국 영숙의 말대로 옷을 고르기 시작했다. 동서를 생각하는 마음도 그렇고, 어머니의 지갑을 생각하는 마음에서도 선뜻 옷을 고르지 못한 것이었다. 영숙은 큰며느리의 마음이 기특하면서도 안타까웠다. 평소에 잘 해주지 못한 것 같아 미안한 마음이 컸다.

시장을 몇 바퀴 돌다 보니 두 며느리 모두 옷을 한 벌씩 골라 샀다. 티셔츠와 바지 한 벌씩 산 것인데 십만 원이 조금 넘었다. 영숙의 생각에는 더 비싼 것을 사도 좋을 것 같았다.

"너희 이거 정말 만족하는 거냐?"

"네, 어머니. 그런데 이렇게 사도 돼요? 어머니 지갑이 든든하세요?"

두 며느리가 웃으며 하는 질문에 영숙은 얼른 받아넘기며

"그래, 걱정하지 마. 만약에 돈이 모자라면 여기 미인 며느리가 둘이나 있는데 아무나 하나 잡히고 가지 뭐 걱정이냐."

하고 농을 던졌다. 그러고 나자 며느리들과 영숙은 같이 한바탕 웃어 버렸다. 세 고부를 가만 지켜보던 옆 상가 주인이

"삼 모녀지간 같으세요. 고부간이세요? 행복해 보입니다."

라며 칭찬을 했다. 다른 사람들이 보기에도 사이가 좋아 보인다는 사실에 영숙은 금방 행복해졌다. 며느리들이 오래 걸은 걸 생각해 영숙은 얼른 며느리들에게 말했다.

"시장 구경도 좋지만, 먼저 점심을 먹어야지. 뭐 먹겠니? 갈비집엘 가던지 레스토랑엘 가던지 너희가 선택해라. 나는 너희들 가는 데로 따라갈 것이니."

영숙은 그렇게 말하고 며느리들의 뒤를 따라 섰다.

"어머니 우리 분위기 좋은 레스토랑에 가요."

"그러자꾸나. 나도 며느리들 바람에 분위기 좋은 레스토랑이라는 데 좀 가 보자꾸나."

세 고부는 다정한 친구 혹은 사이좋은 자매처럼 함께 걸었다. 레스토랑에 가서 조용한 자리를 잡았다. 식단표에는 한 병에 20만 원짜리 술도 있었다. 셋을 술을 마실 생각은 아니었지만, 술이 20만 원

할 수도 있다는 것에 영숙은 잠시 놀랐다.

"한 병에 20만 원짜리 술을 먹는 사람도 있겠지. 우리가 먹을 것은 너희들이 골라라."

두 며느리는 메뉴판을 잠시 보고는 말했다.

"여기서 제일 싼 것으로 먹지요."

며느리들이 고른 것은 돈가스였다. 웨이터가 가져다준 것은 메뉴를 먹은 세 고부는 영화관까지 들렀다. 영숙이 이렇게 셋이 나온 거 극장에 가서 영화라도 한 편 보고 가자고 한 것이다. 며느리들은 머뭇거리며 물었다.

"어머니, 돈 그리 많이 쓰셔도 괜찮겠어요?"

"너희들 하고라면 아무리 많이 써도 하나도 아깝지 않다. 너의 시아버지한테 많이 타 가지고 왔다. 걱정하지 말고 극장으로 안내 하거라."

영화들은 많이 상영하고 있었지만 딱 알맞게 볼 수 있는 영화는 젊은이들이 좋아할 만한 것이었다. 영숙은 아무럼 상관없었다. 영화 구경을 한 지도 꽤 오랜만이었던 데다가 며느리들과 함께 하는 영화 구경은 더욱 재미있었다.

집으로 돌아오는 길에 영숙은 자신의 시집살이에 대해 생각했다. 어른들 밑에서 눈치 보며 더 열심히 노력하면 된다고 믿었던 눈물겨운 세월들. 그 때를 다시 생각하자니 마음이 아팠다. 지금 세대는 예전보다 훨 나아졌지만 그래도 며느리들이 시어머니를 어렵게 생각하는 건 마찬가지일 것이다. 멀어져가는 며느리들의 뒷모습을 보며 안쓰러움을 느꼈다.

한편으로는 며느리들에게 고맙기도 했다. 더 좋은 것을 사도 괜찮은데 옷도 비싸지 않았고 점심값도 제일 싼 것으로 먹었다. 검소한 며느리들의 모습에 영숙은 며느리를 잘 본 것 같아 다행이라고 생각했다.

영숙은 떠오르는 추억을 일기장에 적어나갔다. 처음 시집오던 날, 어른들 앞에서 실수하지 않으려 애쓰던 날들. 오늘 며느리들과 함께 했던 즐거운 외출을 적어 나갈 때는 다시 새로운 다짐이 올라왔다. 다음에 며느리들의 생일에는 조금 더 즐겁게 지내리라. 며느리들의 환하게 웃던 웃음이 가시지 않았다.

## 시어머니의 운명

전화벨 울리는 소리가 요란하다. 영숙은 전화기를 내려다보며 편치 않은 마음이 이상해 잠시 머뭇거렸다. 무슨 전화일까. 전화를 외면할 수 없었던 영숙은 수화기를 들었다. 대구 작은딸에게서 온 전화였다.

"엄마, 안녕하세요. 다름 아니라 할머니께서 어젯밤에 토하시고 머리가 아프시다고 해서 체하셨나 하고 손을 따드리고 약을 사다 써도 자꾸만 머리가 아프다고 해서요. 오늘 병원에 모시고 갔다가 임시 입원을 시키고 검사를 받아보려는데 의료카드가 없어서 일단은 일반으로 치료를 했어요. 의료카드를 속달로 좀 부쳐주세요."

영숙은 마음이 덜컥 내려앉았다. 시어머니가 손녀를 보러 대구로 놀러 간 사이 일이 난 모양이었다.

"그래. 많이 편찮으시냐?"

"많이는 아닌데요. 머리가 아프시다고 잡수지를 못하세요. 엄마, 미안해요. 할머니를 며칠간이라도 모시고 있으면서 구경도 시켜 드리고 잘 대접해 드리고 모셔다드리려고 모셔왔는데 이렇게 병이 나셔서 어떡하지요. 정말 죄송해요. 대단한 건 아니니까 너무 걱정하지 마시고 마음 편히 계세요. 아시겠죠. 의료카드만 빨리 보내 주세요."

영숙은 황망한 정신으로 의료카드를 찾아 속달로 부쳤다. 부치고 나니 내가 대구로 내려갈 겸 직접 가지고 갈 걸 하고 후회했다. 짧았다는 생각에 다시 전화했지만, 많이 아프신 게 아니니 오시지 않아도 된다며 만류했다. 하지만 영숙의 마음은 어쩐지 계속 초조했다.

'여러 날을 입원하신다면 내가 가서 간호해야 하는 거 아닌가?'

마음이 놓이지 않아 아무래도 안 되겠다고 생각한 영숙은 다음 날 출발할 생각으로 결국 갈아입을 옷가지와 세면도구를 챙겼다. 첫차로 출발하기로 마음먹었는데도 불안함이 가시지 않았다. 그 불안함을 증명이라도 해 주는 듯, 밤 열두 시가 되자 전화벨이 요란히 울리기 시작했다. 얼른 받아 들자, 작은딸의 힘 없는 목소리가 들린다.

"엄마, 할머니께서 오늘 저녁때 침대 위에서 힘없이 주무시는 것 같아서 너무 이상해서 의사 선생님께 보여드렸더니 아마 혈압이 높아서 혈압이 터진 것 같다고 하시더라구요. 검사를 하던지 머리 컴퓨터를 찍어야 확실히 알겠다고 하면서 지금 컴퓨터를 찍으러 특수 촬영실로 가셨어요. 엄마, 어떡하면 좋죠?"

딸의 목소리에는 애달픈 울음소리가 섞여 있었다. 좋지 않은 소식을 들은 영숙은 가슴이 덜컥 내려앉았다. 잠시 후 사진 찍은 결과를 알려주는 딸의 전화가 한 번 더 울렸다. 중풍이었다. 부부는 더 지체할 수가 없었다. 원주에서 대구로 밤거리를 내달리기 시작했다.

대구에 도착했을 때는 새벽 여섯 시가 넘은 시간이었다. 중환자실에 누워 있는 시어머니는 전혀 의식이 없었다. 깊은 잠 속으로 빠져든 상태였다. 아무리 불러도 돌아오는 대답이 없었다.

"어머니 눈 좀 떠보세요."

영숙이 울먹이며 얘기했다. 그러나 어머니의 입은 굳게 닫혀 있었다. 의식이 없는 상태였다.

"뇌출혈로 소뇌가 약 2센치미터 정도 터졌는데 앞으로 2주일이 고비입니다. 이주 전에 돌아가실 수도 있고 이 주일 후에 의식이 돌아올 수도 있습니다. 아직은 지켜보는 수밖에 별도리가 없습니다."

가족들은 먼 곳에서 며칠을 기다리며 상황을 지켜보는 것보다는 시어머니를 원주로 모시고 가는 게 더 낫다고 판단했다. 결국, 시어머니는 응급차에 실려 원주를 향했다. 응급차에 시어머니와 함께 탄 영숙은 원주에 올 때까지 시어머니의 손을 잡고 쓸어내리며 눈을 좀 떠보시라고 얕게 웅얼거렸다.

원주로 옮겨온 시어머니는 여전히 눈을 뜨지 못하고 있었다. 아무리 많은 시간이 흘러도 마찬가지였다. 영숙은 매일 의식 없는 시어머니를 모시고 검사하러 다녔고 병시중을 했다. 마음이 좋지 않았다. 약주만 드시면 억울하게 참아온 인생 때문에 우시던 분. 세월이 흘러 사람들 앞에서 눈물을 흘릴 만큼 마음이 약해지신 분. 그랬던 분이 이렇게 누워서 일어나지 못하게 되었다니. 병문안을 오는 가족들의 한숨은 깊었다. 현실을 믿을 수가 없었다.

가족들의 간절함과 영숙의 간호가 효과를 보았는지, 차도가 생기며 회복의 기미가 보였다. 기쁜 마음에 두 아들이 어머니의 손을 잡고 말했다.

"어머니, 저 궁수에요. 저를 알아보시겠어요?"

마르고 주름진 손에 가벼운 힘이 들어갔다. 시어머니는 천천히 눈물을 흘리며 고개를 끄덕였다. 목소리를 알아듣는구나. 가족들은 이제 괜찮다고 생각했다. 두 아들의 말에 작게나마 반응을 보이는 시어머니의 모습을 보고 영숙은 희망을 품었다. 드디어 괜찮으시구나. 이제 영숙의 차례였다. 영숙은 시어머니 옆에 가서 말했다.

"어머님 저 어머님 며느리 동준 어미에요. 제 목소리 들려요? 저도 아시겠어요?"

시어머니는 천천히 영숙을 향해 눈을 돌렸다. 하지만 그 눈에는 아무것도 없었다. 아들들에게 보인 반응은 고사하고, 미동도 없이 그저 고요하게 영숙을 바라보고만 있는 것이다. 영숙은 아무 말 없이 뒤로 천천히 물러났다. 중환자실 안에는 조용한 정적이 내려앉았다. 잠시 창문 너머를 바라보았다. 조금 열린 창문 너머로 병원을 오가는 자동차 소리가 들렸다.

'허무하구나.'

밤, 낮을 고생하며 시어머니의 수발을 든 것은 며느리인 영숙이었다. 그러나 시어머니는, 영숙을 알아보지 못했다.

"여보 당신 서운하겠네. 어머님께서 아들들은 알아보시면서 며느리인 당신은 몰라보시니 말이요. 밤이고 낮이고 어머님 곁에서 고생은 당신이 제일 하고 그처럼 지극 정성으로 수발을 하는데도 당신은 모르시니."

영숙의 남편이 말이 없는 영숙을 살피며 머쓱해진 영숙을 위로하는 말이었다. 하지만 영숙은 마음속으로는 왜 시어머니가 몰라보았는지 알 것도 같았다.

"서운하긴요. 당연하지요. 그러기에 피는 물보다 진하다고 하지 않아요. 부모와 자식 간 천륜이라는 것은 억지로 하는 게 아니지 않소. 가슴에서 가슴으로 우러나는 천륜을 누가 막겠어요."

그러면서도 영숙은 절실히 느꼈다. 고부간은 어디까지나 정뿐이지 피는 섞이지 않았다는 걸. 시집와서 38년을 같이 모시고 살며 한 번도 말다툼하지 않았다. 시어머니는 '내가 낳은 내 자식인 아들을 믿고 사는 게 아니라 며느리인 너를 믿고 산다.' 하며 줄곧 말했지만, 그러나 영숙을 알아보지는 못했다.

어머니가 의식이 돌아온 날, 영숙은 초점 없는 눈으로 일기장을 내려다보았다. 영숙이 그동안 시어머니에게 쏟은 노력은 아무것도 아니었나 하는 생각이 들었다. 하지만 그런 건 아니었다. 누군가 노력했기에 어머니의 의식이 돌아올 수 있었던 게 아닌가. 하지만 영숙을 알아보지 못하는 섭섭함은 뇌리에서 떠나지 않았다. 일기에 쓴 것은, 영숙을 알아보지 못하는 시어머니를 보모 느낀 것들이었다. 천륜이라는 것은 무엇보다 강하다는 것. 서운함보다도 천륜이라는 생각이 더 많이 들었다. 영숙은 더는 옹졸하게 생각하지 말자고 마음을 가다듬었다. 시어머니가 기운을 차리실 수 있도록 힘을 내야 한다고 스스로 다독였다. 천륜이라는 건 누구도 막을 수 없는 것이다. 자연히 통하는 것을 어찌한단 말인가. 영숙은 편한 마음으로 잠이 들었다. 힘을. 다시 힘을 내야 한다. 어머니의 눈물을 기억하고 있는 영숙은 마음을 다잡고 잠이 들었다.

## 시끄러운 마음

 시어머니가 퇴원한 지 삼, 사 개월이 지났을 것이다. 많은 사람이 보기에도 어머니의 몸 상태는 점점 나아지고 있었다. 옆에서 간호하는 영숙의 마음도 훨씬 뿌듯하고 기뻤다. 하지만 몸이 괜찮은지도 얼마 가지 못했다. 다시 의식을 잃은 어머니 옆에서 영숙이 할 수 있는 건 더 큰 정성을 쏟아 간호하는 일밖에 없었다. 영숙은 고민이었다. 강이 얼어붙는 겨울, 이 추운 날씨에 다시 병원으로 가서 어머니를 검사받게 할 것인가. 하지만 그건, 집에서 간호를 받는 것보다 더 힘들 거라는 생각이 들었다. 영숙은 얼마 남지 않은 시간, 따뜻한 방에서 최선을 다해 간호하리라 마음먹었다.
 하지만 그즈음 아픈 어머니에 대한 슬픔만큼이나 영숙에게는 또 다른 고민이 생겼다. 영숙의 남편은 우울증으로 고생을 하고 있었다. 이해하기 힘든 일이었다. 환갑도 지나가고 부자는 아니어도 부족하지 않은 생활을 하고 있는데 왜 우울증이 걸린 것인가. 영숙은 힘들어하는 남편이 안쓰러웠다.
 생각해보면 그는 매사에 빈틈이 없는 사람이었다. 그런 이가 우울증이라니. 당치도 않은 이야기 같다가도 온종일 얼굴에 먹구름을 드리우고 있는 남편의 얼굴을 보면 또 걱정되었다. 마음이 불안하고 가슴이 답답해 진정이 되질 않는다며 안절부절못하는 모습을 보면 영숙의 마음에도 그림자가 졌다.

세월이 가면 늙어가는 게 왜 그리 받아들일 수 없는 것인지. 무기력해지고 허무해지는 남편을 다시 힘이 나게 해 보려 갖은 수를 써 보았다. 한약도 챙겨 먹고 신경정신과, 내과를 다니며 치료를 받는데도 상황은 나아지지 않았다. 결국, 미신인지 알면서도 지푸라기 잡는 심정으로 무속인에게 이 상황을 물어보기까지 했다. 하지만 도저히 나아지는 게 없었다. 한편으로는 시어머니의 병환으로, 다른 한편으로는 남편의 우울증으로 영숙은 몸이 두 개가 되어도 모자라는 간호 생활을 이어가야만 했다. 영숙이 가장 듣기 싫었던 말은, 죽는다는 말이었다.

"이러다가 어머님 앞에 내가 먼저 죽겠네. 그러면 불효가 되어 안 되는데."

그는 종종 혼자 한탄을 했다. 옆에서 남편의 한탄을 듣는 영숙의 마음 또한 편하지 않았다. 또 영숙의 마음이 덩달아 불안해지기도 했다. 그럴 때면 남편을 어린아이 위로하듯 말했다.

"마음을 굳게 먹고 이겨야지 우울증은 아무것도 아니라는데 왜 그리 약한 말을 해요. 언제부터 당신이 그렇게 나약한 사람이었소?"

때로는 원망도 종종 했다. 어머님 간호하기도 힘이 드는데 당신까지 괴롭히면 어떡하냐면서. 속이 상해 혼자 이불을 덮고 눈물 흘리는 날이 많았다. 영숙을 더 힘들게 했던 것은, 어머니의 병환이 하루가 다르게 깊어지고 있었다는 사실이었다.

　차도가 보이지 않는 남편에게 조금이라도 도움이 될 수 있는 것이 무엇일까 고민하던 영숙은 경로당에 다녀오라고 권유하기도 했다. 하지만 남편은 경로당에서도 즐거움을 찾지 못하는 것 같았다. 남편은 경로당으로 갔다가 금세 집으로 돌아오곤 했는데 그럴 때면 여지없이 넋 놓고 거실에 앉아 있었다. 남편의 힘없는 모습을 보면 영숙은 금방 마음이 답답해졌다. 마음을 가라앉히기 위해 안방으로 들어가면 세상사를 아무것도 모르고 사경을 헤매고 있는 어머니가 눈에 들어왔다.

　'내가 무슨 죄를 지었길래 이렇게 고통을 받고 있지? 지금까지 시부모님께 효도하려고 노력하고 어린 자식들 잘 키우고, 오로지 가정을 위해 살아온 대가가 이것뿐인가.'

　더 나아지지 않는 가족들의 병에 영숙은 한탄할 뿐이었다.

　괴로운 나날을 보낸 지도 얼마나 되었을까. 집 밖은 꽃들이 만발하고 있었다. 바야흐로, 봄이었다. 따뜻한 온기가 세상에 가득했고 개나리, 진달래, 목련 너나 할 것 없이 가득 피어나고 있었다. 영숙은 그것도 모르고 집에 앉아 뼈를 깎는 심정으로 간호를 했다. 그런 영숙의 심정을 아는지 모르는지 세월이 흘러 4월이 되었다. 봄맞이한다며 경로당에서 부부동반 관광을 가기로 했다. 남편은 영숙에게 바람도 쐴 겸 같이 가자고 말했지만 위독한 어머님을 떠올리자 갈 수가 없었다. 남편 혼자 다녀오라 하고 영숙은 집에 있기로 했다.

　남편이 관광차에 오른 지 얼마 되지 않아 어머니의 몸은 급격하게 무너지기 시작했다. 공기는 따뜻했지만, 부슬부슬 비가 내리고 있었다. 영숙의 아주버님과 영숙 둘이 앉아 어머니를 내려다보며 물을 떠

넣었다. 하지만 어머니는 마시지를 못했다. 영숙은 마음이 갑갑했다. 개밥을 주러 잠시 바깥으로 나오나 느낌이 좋지 않아 후다닥 방으로 들어갔다. 어머니의 가쁜 숨이 멈추어 있었다.

이미 돌아가신 어머니를 붙잡고 울어봐야 소용이 없는 일. 영숙은 얼마간 울고 얼른 여행을 간 남편에게 전화해 돌아오라고 말했다. 그 후로 준비한 장례식을 찾아오는 사람들은 많았다.

어머니가 돌아가신 후, 남편의 우울증은 차차 나아지기 시작했다. 아무것도 먹지 못하던 사람이 차차 밥을 먹었다. 남편이 얼른 낫기를 바라는 사람들이 축원해서 그런지 잘은 몰라도 나아지는 모습이 눈에 보이자 영숙도 마음을 놓기 시작했다. 어머니를 조금 더 잘 챙겨야 했었다는 후회 때문에 괴롭기도 했지만, 남편이 우울증을 점차 극복하는 것 같아 다행이었다.

하지만 영숙의 마음은 이유를 모르는 허전함과 괴로움 때문에 갈피를 잡을 수가 없었다. 늦은 밤이 되어도 잠자리에 들지 못했다. 헛헛한 마음에 의욕이 사라졌다. 신경정신과에서 타온 약으로 잠을 자는 날이 계속되었다. 몸은 좀 편했다. 그러나 마음의 괴로움은 점점 더 심해졌다. 영숙도 스스로 왜 그렇게 마음의 중심을 잡지 못하는지 답답할 뿐이었다. 왜 그리 마음이 헛헛한지 조금이라도 알아보려 일기장을 꺼내 보아도 시끄러운 마음은 쉬이 가라앉지 않았다. 영숙은 그저, 얼른 이 마음의 병이 지나가기를 바라는 수밖에 없었다.

## 가정에 평화

시어머니가 돌아가신 이후, 영숙은 매사에 의욕을 잃었다. 우울증을 앓는 남편을 옆에서 지켜보며 우울증이 얼마나 무서운 것인지 깨달은 영숙은 이제 내가 우울증에 걸리는 것인가 싶어 걱정이 컸다. 하지만 그렇다고 허전한 마음을 달랠 길은 없었다.

차도는 없고 고민만 커지고 있던 차에 영숙에게 전화가 왔다. 서울 불암약국 당질에게서 온 전화였다.

"아주머니, 고생 너무 많이 하셨습니다. 그러나 아저씨가 완전히 회복되시려면 아주머니 도움이 많이 필요합니다. 아저씨가 너무 걱정입니다. 지금 상태는 우물가에 내보낸 어린애 같습니다. 우리 집안을 위해서나 아주머니 가정을 위해서라도 아저씨가 빨리 회복되어 건강해야 합니다."

오랜만에 걸려온 전화에 반갑기도 했지만, 당질이 먼저 얘기한 것은, 영숙에 대한 걱정이 아닌 남편의 우울증에 대한 것이었다. 남편을 옆에서 지켜본 영숙은 남편이 점점 나아지고 있다는 걸 실감했다. 하지만 매일 곁에 있는 사람이 아니라면 나아지는 모습이 쉽게 보이지 않을 수도 있다. 영숙은 알면서도 서운했다. 물론 남편은 아직 다 나은 게 아니다. 하지만 좋아지고 있다. 무엇보다도 남편과 어머니 곁에서 열심히 간호한 것은 영숙이 아니던가. 그런데도 좀 더 잘해달라는 말을 들으니 서운하기 짝이 없었다.

"그래요. 그런 것은 다 잘 알고 있습니다. 그런데 당질과 당숙모를 떠나서 그 옛날 어린 시절에 소꿉친구, 한 교실에서 공부하던 동창생의 입장으로 돌아가서 내가 하소연을 하겠으니 들어보세요. 나는 무엇입니까? 이 집안에 시집와서 시부모님께 효도하고 자식 낳아 키우면서 내 인생은 접어놓고 오늘날까지 손발톱이 다 닳도록 열심히 살아온 대가가 이것뿐인지. 너무 한심하고 세상사가 허무하군요. 어려서부터 내 인생을 잘 아는 터이지만 내 인생에 낙은 어디 가서 찾습니까?"

마음 둘 곳 없는 영숙의 하소연에도 수화기 너머에서 들려오는 말은 이런 것이었다.

"예, 압니다. 그러니 어쩝니까. 아저씨가 빨리 나으셔야 할 터인데 너무 걱정이 큽니다. 아저씨의 건강을 되찾는 길은 아주머니의 따뜻한 보살핌이 더 큰 약이 될 겁니다."

영숙의 마음속에서, 무언가가 울컥 올라왔다. 영숙은 더 참을 수가 없었다.

"나도 이제 내 인생을 살고 싶습니다."

건너편에서는 잠시 말이 없었다. 하고 싶은 말을 했다고 생각한 영숙 또한 말없이 전화 수화기를 들고 있었다. 얼마간 시간이 흐르자 간곡한 목소리가 들려왔다.

"아주머니, 어려서 자라온 시절, 우리 문중에 시집오셔서 살아오신 시절 너무나 잘 알다마다요. 그간 고생 너무 많이 하셨으니 며칠 후에 저희집에 한 번 오세요. 잠시라도 잊고 모두 풀고 가시게 해 드리겠습니다. 꼭 한번 올라오세요."

아까 차갑게 얼어붙었던 마음, 그 서러웠던 마음이 눈 녹듯이 녹아내리는 것 같았다. 영숙은 그 말이 너무나 고마웠다. 어쩌면 지금까지 그 말을 듣고 싶었던 게 아닐까 하는 생각도 해 보았다. 영숙의 고생을 인정해 주는 말. 영숙의 세월의 흔적들을 전부 인정해 주는 그런 말. 영숙은 망설이지 않고 집을 떠나 서울로 향했다.

불암약국으로 찾아갔다. 모두가 영숙을 반갑게 맞아주었다. 퇴근 후에는 모두 호텔로 향했다. 소고기 불고기로 저녁을 먹으며 옛날이야기와 지금까지 살아온 이야기, 이런저런 다양한 이야기를 나누었다. 영숙 혼자 힘들게 고민해온 지난한 시간이 더는 괴롭지 않게 느껴졌다. 오랜만에 즐거운 저녁 식사였다. 식사 후에는 카바레에서 술을 마시고 춤도 추며 힘든 시간을 잊었다.

이튿날은 서울 구경을 했다. 주변을 돌아보자 가족들을 간호하느라 놓쳤던 만발한 봄꽃들이 가득 두 눈에 들어왔다. 추운 겨울을 지나야 꽃은 피는 법. 영숙은 스스로 삶에 겨울만 있었던 것도 아니고 그간의 고생들이 이제 얼마간 지나갔으니 앞으로는 조금 더 좋아지리라 생각했다.

몇 달 동안 쌓여 있던 스트레스를 전부 풀어버리자 마음이 한결 가벼워졌다. 영숙을 믿고 인정해 주고 호의를 베풀어주는 모든 사람에게 감사한 마음이 들었다. 집으로 돌아온 날, 영숙은 여전하게도 일기를 펼쳤다. 영숙은 이제 전보다 조금은 더 나은 사람이 된 것 같은 기분이 들었다. 많은 사람에게 영숙의 삶을 인정받자 지금까지

해 온 모든 노력이 헛되지 않았다는 생각도 들었다. 일기에 혼자 글을 쓰며 스스로 찾는 위안도 중요했지만, 그만큼이나 중요했던 것은, 다른 사람들과 이야기를 나누는 것이었다. 위로는 방 안에만 있는 게 아니었다.

차도가 생기기는 했지만, 여전히 우울증에 고생하는 남편을 위해서라도 더 성심성의껏 간호하리라 다짐했다. 잘 위로해주고 따뜻하게 보살펴주리라. 가정은 점차 원래의 모습대로 돌아오고 있었다. 가족들 뒤에서 말없이 모두를 든든하게 보살펴주고 있던 어머니의 존재는 사라졌지만, 남은 사람들끼리 새로운 미래를 향해 나아가야 할 때였다. 영숙은 다시 가정에 평화가 가득하기를 바라며 일기장을 덮었다.

## 신문에 나오다

 아침 이른 시간이라 날씨가 무척 차갑다. 손에 달랑거리는 까만 비닐 봉투를 들고 힘겹게 산을 올랐다. 간밤에 내린 찬 서리가 이른 시간이라 녹지 않아 미끄러웠다. 잔디가 차가웠다. 언덕에 오르자 산소가 보였다. 영숙은 산소로 다가가 신문지를 꺼내 잔을 받쳐놓고 북어포와 소주를 꺼냈다. 술잔을 따르고 절하며 얘기했다.
 "할아버지, 할아버지께서 사랑해주시는 불초 손녀 구정이 지난 지 며칠이 지났는데 이제야 찾아뵈어 죄송합니다. 그렇지만 할아버님께 부끄럽지 않게 떳떳하게 자랑스럽게 살려고 노력하고 살아왔습니다. 제가 오늘날 살아온 덕이라고 믿습니다. 어린 시절 더 공부하고 싶어 상급학교로 진학하려 했으나 여자가 공부해서 무엇에 쓰느냐고 반대하시던 부모님의 명을 거역 못 해 그대로 주저앉을 때 연필 놓기가 아쉬워서 아무 데나 헌 종이만 보면 쓰고 또 쓰고 하다가 일기를 쓰기 시작한 것이 습관이 되어 지금까지 일기를 써왔더니 그것이 잘한 일이라고 어제 영서신문사 기자가 와서 일기장을 모두 모아 놓고 사진을 찍어 갔습니다. 신문에다 내준다고요. 너무 뿌듯했습니다. 그래서 할아버님께 자랑하려고 오늘 이렇게 산소에 왔습니다. 그런데 알고 보니 오늘이 할아버님 생신이군요. 옛날에 생전에 계실 때는 생신을 잘 차려서 온 동네잔치를 하던 날이군요. 하지만 오늘은 저 혼자만이 잔을 올려서 죄송한데요. 너무 서운히 생각 마시고 받으세요."

영숙을 술 석 잔을 따르고 일어나니 마음이 착잡해졌다. 할아버지와 가졌던 옛 추억이 하나둘 떠올랐다. 슬하에 자손을 많이 두고 명절 때 가족이 모이면 너무 좋아하던 모습. 식사 시간이면 큰 방에 모두 모여 한 방이 꽉 차게 식사하는 것이 대견해 먼저 먹고 지켜보던 모습. 몇십 년이 지났는데도 그때 일을 생각하자 영숙의 눈에서 눈물이 흘렀다. 할아버지 앞에 어리광을 부리던 영숙은 어느새 나이가 들어 검은 머리가 흰 머리로 바뀌고 얼굴에는 깊이 파인 주름이 세월의 흔적을 말하듯 새겨 있었다.

'나는 이제 볼품없는 늙은이가 아닌가.'

영숙은 세월의 무상함에 대해 혼자 중얼거리며 산소를 내려왔다. 괜히 눈물이 나왔다. 할아버지가 보고 싶었기 때문이기도 하고, 시어머니가 자주 흘렸던 눈물, 인생이 억울하게 느껴져서이기도 했다. 하지만 억울할 게 뭐가 있단 말인가. 매 순간 최선을 다했던 것을.

집에 돌아온 영숙은 한 줄의 일기도 쓰지 못했다. 신문사에서 취재해갔을 정도로 유명 인사가 되어 있었지만 정작 영숙을 유명하게 만들어 준 일기는 쓸 수가 없었다. 돌아가신 할아버지를 생각하자 가슴이 울적했다. 공연히 지나간 일기장들을 들척였다. 글을 쓴다는 일이 이다지도 힘이 든단 말인가 생각하면서.

## 티브이 출연

주방에서 설거지할 때도 딸이 써 준 편지가 머릿속에서 잊히지 않았다. 딸 집에 놀러 갔다가 딸이 편지를 넣어준 편지였다. '존경하고 사랑합니다' 라고 애틋한 문구로 쓰여 있던 편지. 구구절절하게 네 장이나 손으로 정성껏 써 준 편지. 원주로 돌아오는 길에 남편도 그 편지를 옆에서 읽으며 눈물을 흘렸다. 설거지하면서도 또 눈물이 나오려는 걸 참으며 시간을 보냈다. 오늘은, 영숙이 티브이에 나오는 날이었다. 그렇기에 딸에게도, 영숙에게도 오늘은 어쩐지 조금 더 특별하게 느껴졌다.

7시 20분이 되자 영서 한마당을 틀었다. <고향이 좋다> 프로에 영월 숯골 이야기를 비롯한 다양한 이야기들이 방송되었다. 영숙은 세상살이의 모습이 다양한 것을 보며 자신의 이야기가 뭐가 특별하다고 이렇게 방송에 나오는 걸까 의문스럽기도 했다.

'과연 내가 티브이에 나올 정도로 잘한 일을 한 걸까. 여기 방송에 나오는 사람들을 보니 다들 최선을 다하고 사는 것 같다. 나도 최선을 다하지 않은 건 아니지만, 이렇게 특별한 사람인지는 잘 모르겠는

걸.'

 영숙은 어쩐지 자신이 작아지는 것 같은 느낌이 들었다. 그래도 차분하게 앉아 티브이를 보았다. 생각이 점점 복잡해지는 것 같았지만 머리를 비우려 노력했다.

 드디어 영숙의 이야기가 나왔다. 48년간 일기를 썼다는 이야기의 '벌말의 꾀새는' 이라는 책 발간 이야기까지 약 12분 동안에 걸쳐 방송되었다. 영숙은 새삼스레 뒤편에 놓아둔 일기장을 멀거니 쳐다보며 생각했다. 이것이 현실인가? 아닌가, 꿈인가? 마음이 새로워져 티브이를 멍하니 바라보았다.

 '정말 내가 티브이에 나오다니! 아무 생각 없이 연필 놓기가 아쉬워서 긴 세월 동안 일기를 쓴 것이 이게 자랑거리가 될 줄은 정말 몰랐는걸. 어떻게 생각하면 남들에게 조롱거리가 되는 건 아닌가? 그래도 뭐, 이미 벌어진 일인데 칭찬을 하면 듣고 흉을 보면 흉을 잡히고 돌아가는 대로 살아야지.'

 방송 프로가 끝날 때까지 영숙은 티브이 앞을 떠나지 않았다. 방송이 끝나자 옆에 앉아 있던 남편은 하하 웃으며 영숙에게 대단하다고 칭찬을 해 주었다. 영숙은 얼굴이 빨개졌다. 정말 그렇게 큰일을 한 것인가?

 막내아들 식구가 밤에 놀러와 술상을 차리고 즐겁게 놀았다. 어머니가 티브이프로에 나왔다는 사실에 아들은 자랑스러워했고 며느리도 어머니가 대단하다며 감탄했다.

 모두가 잠든 늦은 밤, 지나간 일기장들을 하나 들추어 보았다. 이제, 인생의 결실이 맺히는 것 같았다. 아이들이 장성해 사회에 보탬이 되는 인물로 자라 준 것만 해도 고마운데 나 자신이 이렇게 티브이에 나오는 일도 생기다니. 무언가 하나를 꾸준히 한다는 건 모두에게 감사한 결과가 나올 수 있다는 걸 영숙은 깨달았다. 하지만 다시 생각해보니, 오히려 이건 결과가 아니라 과정 중 하나일 수도 있다는 생각이 들었다. 삶의 결과라는 건, 눈에 보이는 결과물이 아닌, 스스로 만족할 수 있는 삶이었다고 되돌아볼 수 있을 때의 순간이 아닐까. 영숙은 차분한 마음으로 일기장을 폈다. 지금까지 영숙의 삶과 함께해온 일기장이었기 때문에 오늘은 더욱 특별하게 느껴졌다. 인생의 과정 중에 한 점을 찍은 오늘을 다시 이 일기장과 함께하다니. 영숙은 한 글자 한 글자를 정성 들여 썼다. 더 열심히 인생을 살아낼 것이라 다짐하면서.

## 원주의 최영숙이 되다

 시어머니 산소에 비석이 세워지는 모습을 보자 그제야 영숙은 마음 한편이 후련해졌다. 효도를 제대로 하지 못한 것만 같아 시어머니께 죄송한 마음이 컸는데 마음의 짐을 내려놓은 것 같았다. 시아버지 산소 옆에 자리한 시어머니의 산소를 손으로 한 번 쓸어내렸다. 이제 자손들의 역할이 끝이 난 것 같았다. 제사를 제때 챙기고 지나간 시간을 추억하며 어머니를 잊지 않는 게 가족들의 남은 역할일 것이다. 산소에서 내려오며 영숙은 그렇게 생각했다.
 마음이 가벼워졌어도 이제 집안의 어른이 계시지 않다는 사실에 또다시 적적한 마음이 드는 건 어쩔 수 없는 일이었다. 한 일이 별로 없는 것 같은데도 영숙은 피곤함을 느꼈다. 잠시 쉴까 하는 마음에 편하게 자리에 누우려 하는데 집배원이 오는 소리가 들렸다.
 "우편물이요!"
 영숙은 대답하며 얼른 나갔다. 우체부가 들고 있는 우편물을 보자 입이 떡 하고 벌어졌다. 우편물이 한 보따리가 온 것이다.
 "이거, 제주도에서 왔는데, 아마 텔레비전을 보고 온 것 같은데요?"

우체부가 영숙에게 우편물을 건네주며 말했다. 영숙은 얼른 받아들고 봉투에 쓰여 있는 글자를 읽었다. '제주민속촌(서당) 홍영식'이라고 표기되어 있었고 강원 원주 귀래면의 최영숙 일기 할머니라고 표기되어 있었다. 우체부가 돌아간 다음 가게로 들어와 얼른 봉투를 열었다. 내용물은 편지가 아닌, 뜻밖의 서예였다.

'月色花色不加 1家111色'이라고 쓰여 있는 글자의 서체는 말로 형용키 어려운 명필이었다. 굵게 힘이 들어가 있었으며 그러면서도 우아하고 날렵했다. 이런 명필 밑에는 알아보기 좋게 글이 쓰여 있었다. 달 색 꽃 색깔이 비록 좋다 한들 내 집 식구 웃는 얼굴색만 하랴. 영숙은 너무 기쁘고 감사한 마음에 생각했다.

'내가 생각하기에는 내가 쓴 일기가 아무것도 아니라고 믿었다. 티브이 방송하는 것도 부끄러운 일이라고 반대를 했는데 이렇게 모르는 분한테서 좋은 글 선물까지 받게 되었다니. 이렇게 영광스러운 일이 있을 수 있나.'

영숙은 감사한 마음에 겉봉에 표기된 핸드폰 번호로 전화를 했다. 신호음이 가는 동안 영숙의 마음은 두근거렸다. 드디어 전화를 받자 영숙이 말했다.

"제주민속촌 서당이지요?"

"네. 그렇습니다."

"강원도 원주 최영숙입니다. 지금 막 우편물을 받았습니다. 선생님께서 보내주신 글을 받았습니다. 너무 기쁘고, 감사하여 이렇게 전화를 드렸어요. 정말 고맙습니다. 영광으로 생각합니다."

그러자 수화기 건너편에서 껄껄 웃는 소리가 들렸다.

"네, 받으셨군요. 저는 고장은 안동이고요. 이곳에 와서 서예를 하며 서당을 하는 지가 17년이 되었습니다. 지난 22일 <여섯시 내고향>을 봤습니다. 그런데 요즈음 세상에 드물게 돋보이는 것 같고 훌륭하신 일을 하시는 것 같아 축하를 드리고 싶어 제 글을 보낸 것입니다. 그 글은 서예 전시회에서 최우수상을 받은 글입니다. 진심으로 축하드립니다."

영숙은 상 받은 글을 받았다는 사실에 황망해지기도 하고 감사한 마음이 더욱 커졌다. 건강 하라는 덕담과 함께 전화를 끊은 후 선물 받은 글을 읽고 또 읽었다. 영숙은 계속 읽을수록 느끼는 행복감이 더욱 커졌다. 사촌들에게 축하 인사를 받고 막내 숙부가 축하한다며 손을 꼭 잡고 네가 우리 집안의 영광이라고 했던 말이 떠올랐다. 그저 생각 없이 쓰기 시작했던 일기가 습관이 되었고 생활의 일부분 된 것뿐인데, 이게 이렇게까지 유명해지고 모두에게 칭찬을 받는 일이 될 거라고 누가 생각했겠는가. 영숙은 부모님께 늦게나마 효도를 한 것 같아 기뻤다. 거기다 이렇게 명필 선물까지 받다니. 영광이었다.

전혀 알지 못하는 사람에게 선물을 받은 영숙은 더욱 보람을 느꼈다. 가족들도 모두 고마운 분이라며 선물 받은 글을 표구해서 잘 걸어 놓자고 의논했다.

영숙은 가벼운 마음으로 일기장을 폈다. 늘 하던 대로. 조금 더 잘 하려고 하면 힘이 들어가는 법이다. 하던 대로 성실하게 쓰는 것 말고 그들에게 보답할 방법은 없는 것 같았다. 다만 조금 더 부지런하게 쓰자는 생각이 들었다. 한 자 한 자 적어 나갈 때마다 일기장에 대한 마음이 더욱 새로워졌다. 이것은 이제, 나의 분신이나 다름없는 게 아닌가. 영숙은 생명 없는, 그러나 영숙의 삶이 담긴 일기장에 고마움을 느꼈다. 영숙은 드디어 스스로가 되고 싶은 사람이 된 것 같다는 생각이 들었다. 유명해지는 게 아닌, 있는 그대로의 인생에 최선을 다하는 사람.

일기장을 쓰는 영숙의 손은 멈출 줄을 몰랐다.

# 어버이 날

집에 도착한 선물과 카네이션 꽃을 잘 보이는 탁자 위에 내려놓았다. 영숙은 사위가 선물과 같이 보낸 카드를 읽다 갑자기 울리는 전화벨 소리에 뒤를 돌았다. 어버이날을 맞아 자식들이 건 전화였다. 키워주신 은혜에 감사드린다며 가슴에 꽃을 직접 못 달아 드려 죄송하다는 말이 수화기 건너편에서 들려왔다. 자식들은 두 부모에게 이미 용돈도 드린 터였다.

 "진자리, 마른자리 가려 누이시고 손발이 다 닳도록 고생하신 은혜 하늘같이 생각하면서도 아직은 미숙해서 보답 못 하고 살아갑니다. 부디 건강하시고 오래오래 사세요."

 영숙은 자식들의 전화를 받고 나자 힘이 솟았다. 자식들에게 고맙다는 말을 하고 난 뒤 잠시 돌이켜 보았다.

 '그러고 보니, 내가 지나온 길, 내가 젊어서 부모님을 모시면서 얼마만큼의 효도를 했지? 부모님 은혜에 보답했던가?'

 스스로 되새겨보자 갑자기 이루 말할 수 없는 쓰라림이 가슴 속에 사무쳤다. 그녀는 스스로 생각하기에 부모님에게 큰 효도 한 번 못한 것 같았기 때문이다. 부모님 은혜에 얼마나 보답을 했는가? 영숙의 머리는 절로 숙어졌다.

'그때는 잘하려고 노력했지만 결국 부족했던 것이 너무 많았던 게 아닌가. 부모님이 주신 은혜, 제대로 보답하지 못한 나는 돌아가신 후에야 이렇게 후회를 하고 있구나.'

경제적으로 어려운 시절, 부모님 모시고 어린 자식들 교육하며 생활하는 것은 생각보다 훨씬 힘이 드는 일이었다. 그 시절 영숙은 부모님의 말씀 거역하지 않고 편안한 생활을 하실 수 있게 노력하는 것만이 중요했었다. 그런데 이제 와 생각해보니 무엇이 부족했는지 두 눈에 선히 보이는 것 같았다. 부모님 주머니 비지 않게 용돈만은 자주 드렸어야 했는데 그러지 못했다. 명절이나 부모님의 생일에 부모님에게 챙긴 것이라고는 기억에 남는 게 없었다. 빨간 카네이션 하나 제대로 준비하지 못한 것. 영숙은 이제 와 마음 깊이 후회가 되었다.

그렇다고 자식들에게 이런 선물을 받을 만큼 많은 것을 해 주었던가. 막상 생각해보니 힘든 시절, 영숙은 어쩔 수 없이 자식들보다 일이 더 중요했다.

'가난을 벗어나기 위해서는 어쩔 수 없었지. 아이들 공부도 시켜야 하고. 하지만, 그렇다고 지금 아이들이 해주는 것들을 그대로 받을 정도로 내가 많은 것을 해 주지는 못했지. 어디 한 번 공부 편안히 못 들여 봐 주었는걸. 아이들이 알아서 큰 것이나 다름없지 않은가.'

영숙은 부모 노릇을 제대로 못 하고, 사랑을 듬뿍 못 준 것 같다는 마음에 미안함이 커졌다. 탁자 위에 올려놓은 카네이션을 한참을 바라보며 생각했다. 아이들은 저들끼리 착하고 반듯하게 잘 자라 주었고 모두 각자가 잘 선택해서 자기에게 주어진 삶에 착실히 살고 있으니 이 얼마나 고마운가. 남에게 피해 주지 않고 성실히 사는 모습을 지켜보자 가슴 뿌듯하고 감사함을 느꼈다.

'막상 한 것 없는 것 같은데, 아이들은 나에게 이렇게 선물과 마음을 보내오는구나. 준 만큼만 받고 살아도 잘 사는 인생인데, 나는 성공했구나.'

매 순간이 행복했던 것은 아니었다. 힘들고 모든 걸 내려놓고 싶었던 적도 수없이 많았다. 하지만 이럴 때면 지금까지 쏟은 모든 노력이 보답을 받는 기분이었다. 생각해보면 인정받기 위해 노력하며 살았던 삶은 아니었다. 다만, 빈 허공에 대고 아무도 들어주지 않는 외침을 치는 기분만은 느끼고 싶지 않았다. 그러나 어디 그것이 빈 허공이었던가. 부모에게 효도하고 자녀에게 최선을 다하려 했던 지난한 노력의 결과는 생각만큼 나타나지 않은 것 같았다. 하지만, 이렇게 자식들이 사랑을 주니 영숙은 고맙기도 하고 미안하기도 했다. 그녀는 허공이 아닌 자신의 삶에 대고 열심히 외쳐왔다.

카네이션을 손끝으로 만져 보았다. 여린 꽃잎이 표표히 흔들리자 영숙의 마음도 따뜻하게 흔들리는 것 같았다. 효도하던 시절이 끝나고 이제는 자녀들에게 효도를 받는 나이가 되었구나. 세월은 무심하기도 하지. 하지만 마냥 흘러가는 세월을 향해 서운함만 가지지는 않았다. 지나간 시간이 보상해 주는 것은 분명 있었다. 영숙은 친구와 함께 고사리를 뜯으러 나갔다. 카네이션은 오래도록 탁자 위에 자리하고 있었다.

## 일기쓰기

　봄부터 아쉽다 하면 금방 내리는 게 비였다. 땅은 쉽게 마르지 않았고 날씨는 포근했다. 아마 올해는 풍년이 되리라. 농작물이 이보다 더 잘 자랄 수는 없겠지. 영숙은 혼자 생각했다. 봄비 소리에 흐뭇한 마음이 되어 아침마당 프로를 틀었다.
　티브이 프로에서는 전라도 광양 땅에 매실 농장을 경영하는 가정의 시어머니, 홍쌍여씨와 며느리의 이야기가 나오고 있었다. 매실 제품을 15가지나 생산하는 아주 큰 농장이었다. 영숙의 생각으로는 농장이라기보다는 하나의 기업처럼 느껴졌다. 이천여 개가 넘는 항아리를 관리하기도 힘들 것이라는 생각이 들었다. 영숙은 티브이 앞에 앉아 회장님인 시어머니의 이야기를 조용히 지켜보았다.
　농업인 땅이 보석이라고 생각하면서 생산되는 매실을 황금알이라고 생각하는 그 정신. 영숙에게 홍쌍여씨는 거룩하게 생각되기도 하고 존경심이 저절로 일어나는 여성이었다. 무엇보다도 영숙이 농장의 회장을 존경하게 된 데에는, 그녀도 영숙처럼 하루의 생활을 일기로 쓰고 산다는 점에 있었다. 낮에는 열심히 일하고 저녁에는 기록하고. 만일 저녁에 일기를 쓰지 못하면 새벽 네 시에 일어나 일기를 쓰고 밖에 나가 다시 일하는 삶. 그것은, 영숙이 지금까지 걸어온 길과 크게 다르지 않았다. 회장의 빛나는 얼굴을 보자 하루도 게을리하지 않는 그 부지런힘이 지금의 기업과도 같은 농장을 만들어 온 것이 아닌가 싶었다.

물론 그들도 또한 처음부터 완벽하고 행복한 삶을 살았던 것은 아니었다. 마찰도 많고 괴로운 고생들을 씹어 삼키며 버텨온 시간이 있었다. 살면서 불미스럽고 힘든 일이나 어려운 일이 생겨도 티브이 프로 속 회장은 일을 지혜롭게 잘 처리했다. 세상을 살아가면서도 나쁜 모습과 나쁜 일들은 보지 말고, 듣지도 말고, 보았어도 못본 체 들었어도 못 들은 체하며 좋은 모습과 좋은 일만 생각하고 기억해야 한다는 것. 세상을 항해할 때 험한 파도도 넘어야 할 파도는 용감하게 넘을 줄 아는 사람이 되어야 한다는 것. 그것이 홍쌍여 여사가 험난한 삶을 살아오며 깨달은 것이었다. 영숙은 그녀의 말에 동감하며 그 삶에 박수를 보내고 싶었다.

'나 또한 힘든 세월을 지나오지 않았는가! 그러함에도 저렇게 인생에 기죽지 않고 최선을 다하는 모습을 보니 정말 존경스럽구나. 역시 지성이면 감천이라고, 노력 없이 공짜로 얻을 수 있는 것은 없겠지.'

홍쌍여 여사는 38년이나 일기를 쓰고 살고 있었다. 영숙만큼 오래 쓰지는 않았지만, 충분히 놀라운 기록의 양이었다. 농장의 회장은 지금 시대에 맞는 컴퓨터에 기록할 수도 있지만, 실수해서 지워지거나 없어지면 안 되니까 연필로 손수 기록해 놓는다고 인터뷰했다. 영숙은 그 말에 또한 공감했다. 컴퓨터를 다루기 어렵기도 하고 집에 컴퓨터를 따로 구비 않는 점도 있었지만, 무엇보다도, 손으로 직접 쓴 것은 사라지지 않는다. 영숙이 마음먹고 지우지 않는 한 지워지지 않기 때문에 세상 삶을 산 흔적을 남기기에는 역시 컴퓨터보다는 연필이 좋았다.

일기를 쓰기 시작한 지 얼마나 흘렀던가. 처음으로 일기를 썼던 세월을 꼽아 보았지만 잘 기억이 나지 않았다. 그만큼 오래도록 쓴 일기. 일기는 이제 더 영숙과 떼어놓을 수 없게 된, 그녀 삶의 한 부분이나 마찬가지였다. 영숙은 일기를 쓰며 예상하지 못했던 인생의 거친 파도를 마주할 때 심지 굳게 나아가는 법을 배웠다. 스스로 주문을 건 것이다. 지금까지 해 온 것처럼, 앞으로도 잘 헤쳐나갈 수 있다. 그동안 살아온 삶이 헛되지 않았다는 걸 일기를 쓰며 스스로 알았기에 더 당당하게 삶을 살 수 있었다.

영숙은 끝내 프로가 끝나며 홍쌍여 여사에게 박수를 보냈다. 그녀의 삶은 존경받을 만하다. 그렇다면, 나는? 영숙은 방으로 들어가 그동안 써온 일기를 들여다보았다. 수많은 일기장을 보관할 공간도 점점 부족해졌다. 앞으로 남은 시간 동안 얼마나 더 일기를 쓸 수 있을까. 얼마나 더 많은 이야기로 빈 종이를 채울 수 있을까. 빈 종이를 생각하자 가슴이 두근거렸다. 아직 채워나가야 할 이야기는 한참 많이 남아 있었다. 그리고, 일기가 있었기에 지금의 영숙이 있을 수 있었다. 그녀는 이제 시골의 아낙이 아니었다. 많은 사람이 그녀를 일기로 인정해 주었고, 그녀 스스로도 일기를 쓰며 전보다는 더 나은 사람이 되어 있었다.

각자의 자리에서 빛나는 이들은 끊임없는 노력을 하고 있었다. 일기도 그중 하나일 것이다. 아침부터 일기를 쓸 수는 없었던 영숙은 자리에서 일어나 힘차게 하루를 시작했다. 이 하루를, 오늘이라는 시간을 누구보다 열심히 살아내리라 다짐하면서.

## 손주는 희망

해가 끝나가는 한 때, 영숙은 지난 한 해를 천천히 뒤돌아보았다. 어려움도 많았고 괴로움도 많았지만 뿌듯하고 행복한 일 역시 많았다.
 작은아들도 결혼하고 큰아들은 더 큰 집으로 이사를 했다. 부모 도움 없이 자력으로 평수 넓은 집을 사 옮긴 것이라 기특하고 뭐라 말할 수 없이 기뻤다. 자식 집을 찾을 때마다 눈에 보이게 달라지는 모습들은 또 인상적이었다. 경제적으로 살기 힘든 세상이어도 꼬박꼬박 부모님의 생활비를 챙겼고 생일과 어버이날도 빠짐없이 챙기는 모습을 보며 고맙기도 하고 미안하기도 했다. 영숙이 생각하기에 아이들에게 부모로써 잘 해준 게 없는 것처럼 느껴졌기 때문이다.
 "너희들 사는데에 힘이 드는데 이렇게 잘해주느라고 힘들지?"
 "어머니 무슨 말씀을 그렇게 하세요. 저희는 부모님께 아무것도 바라는 것 없습니다. 저희는 낳아서 잘 키워주시고 공부시켜서 가정을 이루어 주셨는데 무얼 더 바라겠습니까? 재산 물려주는 것 그것은 아닙니다. 저희는 젊음이 있습니다. 이제는 저희가 부모님에게 해 드릴 때입니다. 부모님께 받은 은혜 평생 갚아도 못 다 갚겠지만 하나 하나 해 드리면서 살 테니 저희에 대한 걱정은 조금도 마시고 두 분 건강 유지하면서 행복하게 자식들의 효 받으시면서 손주들의 재롱 보시면서 마음 편히 살아가세요."

자식들이 이렇게 해 주는 말을 듣고 나면 가슴 한편이 뻐근해지면서 이제 더 바랄 것이 없으리라 생각했다.

하지만 이만하면 잘 살아가는 인생이라 여겨지면서도 영숙은 어쩐지 가슴 한구석에 허허로움을 느끼곤 했다. 세월은 흐르고 젊고 성성한 외모는 점차 퇴색되어갔다. 덩달아 마음이 늙어 버린 것일까? 쇠약해지는 마음을 어떻게 할 수는 없단 말인가. 누구나 반항할 수 없는 자연의 법칙인데도 영숙은 받아들일 수 없었다. 왜 이런 현상을 탓하고 있는 것일까. 세월이 가는 걸 어찌 막을 수 있단 말인가. 자식들이 결혼까지 하고 자녀도 낳아 기르며 장성했는데, 이제 더 바랄 게 없는 것처럼 느껴지는데, 무얼 더 해야 한단 말인가. 영숙의 헛헛한 마음은 쉽게 누그러지지 않았다.

책도 출간했고, 티브이에도 나왔다. 신문사에서 취재도 했다. 영숙은 아는 사람들 사이에선 알게 모르게 유명 인사였다. 갑자기 마음이 공허해졌다. 천장을 멍하니 올려다보았다. 무엇 때문에 이러는 것일까? 하나, 하나 되짚어 보았다. 자식들이 섭섭하게 하는 것? 하나도 없었다. 남편 때문에? 남편과도 별문제가 없었다.

생각해보면 여름부터 심해졌던 것 같다. 삶의 만족을 느끼지 못했던 것이. 평생을 자식들에게 주어진 위치에서 최선을 다해 바르게 살라 입버릇처럼 이야기했으면서, 영숙은, 자신의 상황이 마음에 들지 않았다. 나이가 들고 나약해지며 병원도 드나들다 보니 더욱 생활에 불만이 생겼다.

'그때 자주 생각하고는 했지. 조금 더 부유했으면 좋았을걸, 하고.'

　작은 씨앗처럼 불만이 하나, 둘 올라오던 그때에, 몸에 병이 나버리고 말았다. 큰 것은 아니고 얕은 입병이었지만, 여간 신경이 쓰이는 게 아니었다. 가족들의 말대로 병원에 가려 시내를 나가보니, 거기에는, 할머니들이 앉아 있었다. 연세는 칠십 고개를 넘으셨을 것 같은 분이 밭에서 막 뜯어온 나물을 간추리고 있었다. 나물을 움켜쥐는 손동작은 부자유스러웠다. 영숙은 저렇게 팔아 하루하루를 보내는 게 힘들지 않을까 하고 생각했다. 버스를 타고 집으로 돌아오는 길에도 할머니의 그 주름진 손이 잊히지 않았다. 그제야 영숙은 '나는 퍽 부자구나' 하고 깨달았다. 더 헛된 생각을 말고 생활에 만족할 수 있었던 건, 그날 이후였다. 부귀영화란 원래가 고르지 못한 것인데, 뭘 그리 속을 썩였는지.

　그렇다면 무엇 때문일까. 돈에 대한 욕심도 이제 내려놓았다고 생각했는데 아직 아니었던 것일까. 영숙은 하나, 하나 되짚어가다 어린 손주들을 떠올렸다. 아. 알 것도 같았다.

　'도대체 사람의 욕심이라는 건 끝이 없군.'

　영숙은 일기를 쓰기 시작했다. 손주들에 대한 글이었다. 이제는 손주들이 장성해 잘 자라는 모습을 보는 게 영숙의 바람이었다. 욕심이란 쉽게 끊이지 않았다. 하지만 영숙은 그게 나쁜 욕심이라고는 생각하지 않았다. 자손이 자식들처럼 잘 자라 주기를 바라는 것은 당연한 일이었다. 방 안에는 사각거리는 소리만 가득했다. 영숙의 입가에는 미소가 번졌다. 어린아이들이 커가는 모습을 상상하자 가슴은 또 다른 설렘으로 부풀었다. 이제는 새로운 세대들이 이 시대를 이끌어가야 한다.

　아이들의 미래를 꿈꾸는 영숙은 그만큼, 더 좋은 세상이 오기를 바라며 일기장을 덮었다.

## 남편에게 편지

6월 24일. 온종일 비가 올 듯 말 듯 간간이 부슬비가 내렸다. 마른 땅 위를 적시고, 차가워진 사람들의 마음을 적시는 비였다. 영숙은 빗소리를 들으며 편안하게 쉬고 있었다. 하루의 일과를 떠올려보니 별로 했던 일이 없었다. 이렇게 편안하기도 또 오랜만이군. 영숙은 저녁에 일기를 쓰고 수필을 쓸지 잠시 고민을 하다 티브이 앞에 앉았다. 글을 쓴다는 건 참 얄궂은 일이었다. 쓰려고 마음먹고 책상 앞에 앉으면 첫 문장을 시작하기가 너무 어려웠다. 머릿속에서는 단어가 실타래처럼 엉키고, 손은 꿈쩍도 하지 않았다. 또 막상 첫 문장을 시작하고 나면 다음 문장은 조금 더 쉽게 쓸 수 있었다. 영숙은 머리를 쉬어야 한다는 걸 알았다. 글은 잘 되는 날도 있고, 잘되지 않는 날도 있었지만, 꾸준히, 꾸준히 써야 한다. 티브이 앞에 앉아 방송되는 가요무대를 보면서 머리를 비워냈다.

  영숙이 가요무대를 틀었을 즈음에 프로그램은 중반쯤 방영되고 있었다. 음악인들이 나와 노래도 부르고 악기를 연주하는 모습을 지켜보던 즈음, 갑자기 6.25 전투 당시 백마고지 전투에서 전사당한 미망인이 소개되었다. 미망인 유족회 회장 신갑여 여사였다. 스무 살에 결혼해 남편은 세 살배기 아들을 두고 스물네 살에 전쟁터에 나갔다는 것이다. 신갑여 여사는 남편에게 보내는 편지를 써 온 것을 직접 읽었다.

사랑하는 당신에게

우리의 만남이 너무 짧은 시간이었기에 여보 당신이라고 한 번도 불러보지 못하고 헤어져 고희가 넘은 지금에서야 당신이라고 불러봅니다. 여보 당신을 사랑하는 아내가 이 글을 올립니다. 꽃 같은 나이에 국가의 부름을 받고 전쟁터에 나가실 때 당신의 아들 세 살짜리의 고사리손을 끌어다가 내 얼굴을 만져주며 '여보, 부모님과 어린 자식을 부탁하오.' 하고 떠나실 때 걱정하지 마시고 잘 다녀오시기를 마음속으로 빌었건만 다시 못 오시고 가시었어요. 꽃봉오리를 활짝 피워보지도 못하시고 가셨지만, 당신이 나라를 위해 피운 꽃이 무궁화 꽃이기에 자랑스럽게 생각하고 꿋꿋이 살아가면서 어린 아들에게 눈물 한 방울 보이지 않고 훌륭히 잘 키우느라고 노력하면서 살았답니다. 여보, 당신이 목숨 바쳐 찾아 놓은 이 땅 위에서 당신의 사랑스러운 손주 손녀가 행복하게 잘 살고 있답니다. 여보, 이다음에 당신 곁에 가거든 전쟁 없는 나라에서 다시 만나 옛날이야기 하면서 살아 봅시다.

낭독하는 미망인을 보는 영숙의 두 눈에 뜨거운 눈물이 흘렀다. 영숙은 잠시 잊고 살았던 그 날의 아픔을 떠올렸다. 가족들이 뿔뿔이 흩어져 피난 가야 했던 일. 전쟁으로 인해 잃어야 했던 소중한 집터와 가족. 어찌 아프지 않을 수 있겠는가. 하물며 결혼한 지 얼마 되지 않은 남편을 전쟁으로 잃은 여자의 마음이란 오죽할 것인가.

'저런 분들이 있었기에 우리가 지금 행복을 누리고 사는 것이다. 이렇게 생각하니 얼마나 죄스러운가! 감사한 마음도 물론 크지만, 너무나 죄송하다.'

편지 낭독 후 노래가 흘러나왔다. 6.25에 대한 노래와 함께 순간순간 그때 그 처참했던 현장을 증명하는 빛바랜 사진들이 지나갔다. 전쟁을 그대로 겪어야 했던 영숙은 너무 가슴이 아팠다. 보따리를 이고 지고 손에 손을 잡고 피난길에서 고생하던 사진들을 볼 때면 가족들과 함께 피난 다니며 다른 집의 눈치를 보고 힘들게 지내던 시간이 떠올랐다. 군에 가서 돌아가신 삼촌. 영숙은 삼촌 생각을 하자 가슴이 뻐근했다. 생각해보면 그녀와 가족들도 전쟁의 피해자였다. 도저히 울음이 그치지 않았다.

영숙은 티브이 앞에 혼자 앉아 맘껏 울었다. 인고의 세월을 힘겹게 견딘 미망인의 안타까움과 함께 억울하게 돌아가신 삼촌과 힘겹게 전쟁을 겪어온 세월에 대한 한탄 때문이었다.

일기를 써야 한다는 생각이 들었다. 이미 덮은 일기장이지만 다시 써야 한다고. 하지만, 일기도 수필도 쓸 수가 없었다. 영숙은 오늘은 더는 쓸 수 없는 날이라는 생각을 했다. 영숙의 마음속에 무언가가 고갈된 듯한 느낌이었다. 하루를 쉬어야겠다고 생각했다. 영숙은 그대로 잠이 들었다. 이불 속을 비집고 들어가 혹사한 마음을 껴안고 잠이 들었다. 아마 내일이면 희생자들을 떠올리며 힘을 내서 살아낼 것이라 다짐하겠지만 그녀는, 지금 잠자리에 들어야 했다. 글도 쉬지 않으면 쓸 수 없었다.

다음 날 그녀는 6.25에 대해 일기를 썼다. 잊었던 세월을 다시 떠올렸다. 그리고 차분히 정리하기 시작했다. 과거에 감사를, 그리고 애도를 표해야 한다고 생각했기 때문이다.

## 친정아버지

　친정아버지의 제삿날이 다가왔다. 하지만 영숙은 가지 못했다. 해마다 제사를 모셨고 올해에는 꼭 가려 했다. 그러나 다리가 너무 아파 발걸음을 못 했다. 영숙은 아버지에게 불효했다는 생각으로 마음이 괴로웠다. 속으로 아버지에게 조용히 중얼거렸다.
　'용서해 주세요. 아버님. 못 가서 잔도 한 잔 못 올리는 마음 너무 슬펐습니다. 아버님 제 마음 이해하시리라 믿습니다.'
　텅 빈 집에 가만히 홀로 누워 생각하자 마음이 점점 서글퍼졌다.
　'세상사 허무하지 않은가. 사는 게 무엇이기에 험준한 세파 속에 묻혀서 끝없는 인생길을 한순간의 쉼조차 없이 높고 낮고 평탄치 못한 길을 곁눈질 한번 못하고 정신없이 오다 보니 어느덧 60 고개를 넘었구나. 얼굴에는 깊고 길게 파인 골이 흉하게 생기고 검던 머리는 흰 서리를 맞은 듯이 변한 것도 서러운데 여기저기 아픈 데가 많이 생겨 삶에 의욕이 떨어지는 데다가 이제는 다리까지 아파서 마음대로 움직일 수가 없으니 이게 무슨 운명의 장난이란 말이냐. 영영 이대로 다리가 낫지 않으면 어떡하나.'

마음대로 움직여주지 않는 다리를 보며 슬픈 눈물을 흘렸다. 마음만은 아직 꽃다운 열여덟 같기도 했다. 하지만 이렇게 세월이 흘러 저 멀리 달려가고 싶은 마음뿐 이었다. 제대로 움직여지지 않는 다리를 보니 너무나도 속상했다. 인생은 한번 왔다가 한번 가는 것이 자연의 법칙이고 언젠가는 다 가는 길이다. 그러나 언제가 될는지 모르지만 갈 때까지는 육신이나 잘 쓰고 살다가 가야 하건만. 몸이 성치 않아 너무나 걱정이었다.

'하지만 또 생각해보면 한의원에 가서 침도 맞고 약을 쓰니까 좀 나아지기는 했다. 그렇다면, 마음이 약해지는 건 내가 소심한 탓인가.'

영숙은 누워 있던 몸을 천천히 일으켰다. 여전히 다리가 아팠지만 아까보다는 나았다. 마음을 눙치고 가만히 스스로가 걸어온 길을 돌아보았다. 영숙에게는 청춘도 있었고 천진난만한 소녀 시절도 있었다. 가슴에 부푼 꿈을 안고 목표를 이루기 위해 꾸준히 걸어온 길에는 슬픔도 눈물도 아픔도 씹어 삼킬 때가 있었다. 때로는 기쁨도 행복도 맛보면서 왔건만. 막상 이제 와 돌이켜보니 뚜렷이 두 눈에 남도록 남겨 놓은 건 없는 것처럼 보였다. 게다가 아직도 할 일은 너무나 많았다. 그런데 이렇게 다리가 아프다니. 꿈이 좌절되지나 않을까 하는 걱정에 절로 마음이 서글퍼졌다.

이른 일기를 쓰려고 책장을 바라보았다. 아픈 다리를 끌고 와 힘겹게 탁자에 앉아 차분히 마음을 가라앉혔다. 확실히, 아까보다는 좀 나았다. 자꾸 우울한 생각에 빠지면 안 된다. 한 번 생각하기 시작하면 좋지 않은 생각이 끝도 없이 꼬리를 물게 된다는 걸 영숙은 알았다. 열심히 치료해서 반듯하게 디디고 서야지. 내년에는 아버지에게 가서 뵙고 오면 되리라. 용기를 내어 일기를 썼다. 순리대로 살다가 가리라. '순리'를 인정하는 데에는 용기가 필요했다. 하지만 삶을 살아가면서 용기가 필요하지 않은 사람은 단 한 명도 없다. 영숙은 더욱 굳게 다짐을 되새겼다.

　때는 초겨울. 밖에는 '솨 아' 하는 바람 소리와 함께 낙엽이 날아 뒹구는 소리가 들렸다. 일기를 쓰다 만 영숙은 물끄러미 바깥을 내다보았다. 한여름 청청함을 자랑하던 나무들이 어느새 옷을 다 벗어버리고 뼈만 앙상하게 남았다. 앞산의 나무들이 유난히 외로워 보였다. 동장군을 맞이할 준비를 서두르는 것인가. 그렇지만 산천의 나무들은 내년 봄이 되면 싹이 다시 틀 것이다. 다시 청청함을 자랑할 것이다. 자연이란 무릇 다 그런 것 아닌가.

　'그러나 인간의 삶은 그렇지 못하겠지.'

　지나간 청춘은 영영 다시 못 올 생각을 하니 허무하기도 했다. 하지만 그건 그녀 혼자서 겪는 일이 아니었다. 모든 것을 감수하고 흘러가는 순리대로 살 것. 영숙은 열심히 다리를 주물렀다. 내년이면, 아버지를 뵈러 가야지. 그 겨울은 유난히도 추웠다.

# 행복

 슈퍼마켓을 둘러보자 예쁜 과일과 제주 포 등이 눈에 띄었다. 필요한 것들을 장을 봐서 나오니 여덟 시가 넘어있었다. 영숙과 남편은 경춘 공원묘지로 출발했다. 영숙의 친정 부모님이 계신 산소로 여동생 내외와 함께 성묘하기로 했기 때문이다. 한 번씩 찾아가는 길을 떠날 때는 언제나 마음이 부풀어 올랐다. 기쁜 마음으로 찾아가 절을 올려도 돌아오는 답은 없었다. 고요한 묘지 위에 바람이 쓸쓸하게 불 뿐이었다. 하지만 영숙은 그래도 좋았다. 찾아뵙고 나면 마음이 편해졌다. 돌아오는 길에는 뿌듯함마저 느꼈다.
 맏딸인 영숙이 어머니를 모시고 아버지는 남동생인 아들이 모셨기에 의도치 않게 두 분은 수십 년 동안이나 별거해온 것이다. 영숙의 마음에 쓰였다. 그랬던 두 분이 이렇게 돌아가셔서라도 같은 뭇자리에 누워 같이 있을 것을 생각하면 그나마 마음이 편했다. 떨어져 있어야 했던 부모가 나란히 잠든 모습을 보는 자식들의 마음은 당연히 행복했을 것이다.
 사실 영숙은 얼마 전 꿈속에서 부모님을 뵈었던 참이었다. 양지바른 산자락에 주택으로 아담한 집을 짓고 마당에는 외양간을 지어 놓고 누런 소를 먹이던 어머니, 아버지의 모습. 두 분이 할머니와 함께 다복하게 살며 행복해 보이던 모습. 그립던 어머니, 아버지의 모습을 꿈속으로나마 볼 수 있었던 영숙은 이루 말할 수 없이 놀랐다. 두 분은 내가 보고 싶은 모양이었다. 그래서 이렇게 나의 꿈에 찾아와 주셨구나. 영숙은 꿈에서 깨어나 남동생과 사는 서울의 새어머니에게 전화를 걸었다.

"어머니, 꿈에서 아버지와 어머니가 만나서 행복하게 사시는 꿈을 꾸었어요. 두 분이 저승에 가서 만나셨을까요?"

"그러셨겠지. 그것참 잘 됐다. 저승에서라도 부디 행복하셔야지."

영숙은 그 이후로 매년 산소를 찾았다. 원래도 살뜰히 성묘하고는 했으나 그보다 더 부모에게 잘해야 한다는 생각이 있었다. 매번 가족들과 함께 산소를 찾아와서 이런저런 이야기를 하고 즐겁게 놀다 헤어지곤 했다. 매년 비가 와서 오래 있지 못할 줄 알았는데, 생각보다는 날씨가 괜찮았다.

영숙은 술잔을 따르고 절을 올린 뒤 부모님 묘소 앞에 앉아 말했다.

"아버지, 어머니 기뻐해 주십시오. 어머니 작은 딸인 동생네가 올해에 아주 크고 좋은 집을 사 이사를 하고 돈도 많이 벌고 잘 사는 모습 너무 대견해 보기 좋습니다. 기뻐해 주시고 잘 지켜주세요."

생각해보면 해마다 기쁜 소식을 부모님께 전해 드리곤 했다. 작년 봄에는 영숙의 수필이 문단에 등단한 소식과 작은딸의 서예 전시회 입선 소식을 전했다. 영숙 내외와 동생 내외는 산소 앞에 앉아 과일도 먹고 이야기를 하며 즐겁게 시간을 보냈다.

영숙은 가족들과 함께 드라이브하고 집으로 돌아와 그동안의 시간을 찬찬히 돌아보았다. 어머니에게 전했던 소식을 떠올리니 정말 해마다 다사다난한 일이 있구나 싶었다. 내년에는 또 무엇을 전할 것인가. 올 한 해를 어떻게 보내야 할 것인가. 아직도 살아가야 할 날들이 앞에 있다는 건 고단하기도 하지만 그만큼 힘이 나는 일이기도 했다. 여생을 지금처럼, 남들에게 피해 주지 말고 살아갈 것이라 다짐했다. 부모님 보시기 부끄럽지 않도록.

## 청년 최영숙

한가한 날의 오후. 바쁜 일도 없는데 요란한 전화벨 소리에 영숙이 얼른 수화기를 들었다.
"여보세요?"
"엄마, 저에요."
아침에 출근한 큰딸의 전화였다.
"그래, 무슨 일이냐."
"엄마, 어제 신문에 엄마가 나왔어요. 그것도 원주 화제의 인물에 끼어서 말이에요. 저도 몰랐는데 과장님이 신문을 들고 오셔서 김 여사 어머님 성함이 무엇이지 하시더라구요. 그래서 제가 왜요? 하고, 최자 영자 숙자 신데요 하니까 '그렇지 김 여사 이것 좀 봐 어머니께서 여기 이 신문에 나셨어.' 하잖아요. 엄마 제가 이 신문을 퇴근할 때 가지고 갈게요."
딸은 그 말을 끝으로 전화를 끊었다. 수화기를 내려놓은 영숙은 의아했다.
'요즈음은 누구하고도 인터뷰 한 적도 없는데 무슨 신문에 기사가

나왔다고? 모를 일이네. 무슨 일로 기사가 났지?'

궁금하기 짝이 없었다. 그러나 딸이 돌아오기 전에는 알 수 없는 노릇이었다. 저녁이 다 되어 시청에서 퇴근한 딸이 집에 돌아와 신문을 건네줬다. 원주 투데이였다. 앞면에 커다란 활자로 원주의 화제의 인물 중에 선정한 여덟 사람이라고 하고 사진과 함께 커다랗게 두 번째 칸에 나와 있었다.

'48년 동안 매일 일기 써 화제 100여 권이 넘는 일기장을 가지고 있는 최영숙씨(63) 15살이 되던 1953년경부터 단 하루도 빠지지 않고 쓴 일기장은 이제 작은 역사에 기록이 됐다. 갱지에서부터 중성지까지 일반인이 사용했던 종이의 변천사를 알 수 있으며 마을에서 벌어진 크고 작일도 꼼꼼하게 적어놓았다. 최 씨가 일기를 쓰게 된 것은 초등학교 때 줄곧 일등만 차지할 정도로 공부를 잘했음에도 불구하고 가정형편이 어려워 중학교 진학을 못 하게 되면서부터다. 평생 글을 못 쓰게 될지도 모른다는 걱정에 연필을 잡기 시작했고 힘든 농사일로 인해 피곤해서 쓰러져 잠들어도 새벽에 일어나 전날의 일기만은 꼭 쓰고 잤을 정도다. 하루의 일과를 그대로 적다 보니 올바르게 살기 위해 노력하게 된다는 것이 최 씨가 일기를 쓰는 진짜 이유다. 중고등학교만 다녔어도 문학을 했을 것이라고 아쉬워하는 최 씨는 힘이 없어 글씨를 못 쓰는 날까지 일기를 쓸 것이라고 한다.'

영숙은 신문기사를 읽고 나니 마음이 이상해졌다. 그 옛날 어릴 적부터 아무 생각 없이 연필을 놓지 않으려 썼던 것이고 상식적으로는 아는 것이 없어 별로 쓸 것이 없으니까 이렇게 하루 생활을 낱낱이 기록했던 것이 지금에 와서 화제의 인물이 되리라고 어떻게 생각할 수 있었겠는가. 영숙은 오히려 스스로 삶이 너무 평범하고 보잘것없다고 생각하여 남에게 알려지는 것이 두려웠었다. 하지만 우연히 남이 알게 되어 모 신문의 기사가 되었다. 평범하다고 생각했던 스스로 인생에 빛이 발하는 순간이었다. 신문사 기자가 방문했을 때에는 주기적으로 썼을 거라고 여기며 일기장을 하나하나 들추어 보다가 하루도 빼놓지 않고 썼다는 사실이 드러나자 기자가 감탄했던 일이 기억났다. 그 뒤로 문화방송국 PD가 그 신문을 보았다며 찾아와 방송 출연을 부탁하는 일도 있었다. 영숙은 부끄러워 사양하다 또 자신에게 호의를 베푸는 이들에게 마냥 거절하는 건 아닌 것 같아 촬영에 응했다. 결국, 영서 한마당에 출연하더니 그다음에는 KBS방송국에서 찾아와 6시 내고향에도 출현했다. 영숙은 자신의 보잘것없는 삶이 공개되는 것이 부끄러웠다. 하지만 많은 사람은 영숙의 삶을 대단하다고 생각하고 있었다.

　나중에는 원주 상지대학교 경제학 교수님과 여성학 교수님이 찾아와 일기장을 보자고 했다. 영숙은 부끄러움을 무릅쓰고 보여드렸고 교수들은 일기장을 모두 가져가 100여 권이나 되는 것을 모두 복사해 년도 별 날짜별로 정확하게 책으로 만들어 영숙에게 주고 상지대학 도서실에 일부를 간직하고 있다고 말했다. 영숙의 일기가 한국 현대생활사 연구에 중요한 자료가 될 것이라 말했고, 평론 원주라는 책자에 실어 책도 몇 권 전해주고 갔다.

　한편에 쌓여 있는 일기장들을 보았다. 정말이지, 백여 권이 넘는 일기장이었다. 이 많은 걸 그동안 어떻게 썼을까 생각해보니 그저 성실함 하나뿐이었다. 한 우물을 열심히 판 것뿐인데 발견하게 된 결실은 작으면서도 소중한, 가치가 있는 것이었다. 영숙은 자신이 쓴 일기가 부끄럽지만은 않은 것으로 생각했다. 인생에 스스로 자신감도 생겼다. 한 가지에 몰두하며 살다 보니 별 것 아닌 것에도 행복감을 느끼게 되는 날이 오고 만 것이다.

 영숙은 다시 일기장을 폈다. 글을 쓴다는 게 무엇인지 이제 영숙은 알 것 같았다. 끊임없이 스스로 돌아보는 일. 그렇기에 스스로 부끄러움까지 똑바로 직시해야 하는 일. 그것은, 용기가 필요한 일이었다. 영숙이 지금까지 살아온 길은 용기 없이 불가능한 길이었다. 모두의 인생이 그렇듯, 영숙에게도 용기를 내기란 쉽지 않았다. 하지만 성실하게, 꾸준하게 지금 하는 것을 했다. 내일도, 그다음 날도, 그다음 날에도. 영숙이 일기를 쓰며 알게 된 것은 그런 것들이다. 우직하게 자신의 인생을 걸어가면 조금 더 담대할 수 있다는 것, 그리고 그 길의 끝에는 스스로 칭찬을 할 수 있는 조금의 여유가 생기게 된다는 것.

 차가운 바람이 불었다. 문밖에는 해가 져버린 까만 하늘 위로 초승달이 걸려있었다. 하지만 집은 따뜻한 온기가 감돌고 있었다. 가족들은 모두 고요히 잠들고 한 사람만이 깨어 있었다. 방 안에는 어렸을 때부터 늘 그래왔던 것처럼, 불을 밝히고 우직하게 일기를 쓰고 있는 늙은 여인 영숙이, 아니 인간 최영숙이 있었다.

## 기록의 가치

 모니터 화면을 끈 박현식 박사는 잠시 앉아 먼 곳을 바라보았다. 그녀의 삶을 이렇게 다시 돌이켜 보는 일이란 생각만큼 쉽지 않았다. 글이라는 것은 손에 잡힐 듯 잡히지 않는 것이었다. 아마 최영숙 여사가 일기를 쓰며 가졌던 생각도 비슷한 것이었을 테다. 그러나 썼다. 그녀는 어떤 상황 속에서도 일기를 거르지 않고 매일, 꾸준히 썼다. 평범한 시골 아낙이었던 그녀는 모두에게 인정받았다. 그리고 국가기록원에 그녀의 자료가 보존되었다.
 그녀가 걸어온 다사다난한 삶이 눈에 보이는 것 같았다. 나였다면 그렇게 매번 참으며 살 수 있었을까. 더 큰 세상을 꿈꾸면서도 한결같이 우직하게 한 우물만 팔 수 있었을까. 최영숙 여사의 삶은 마땅히 존경받을 만한 것이었다. 그녀의 일기는 평범한 사람이 주인공이기에 위대한 사람의 이야기였다.
 눈을 감자 아스라이 저 먼 곳에서 희미하게 흔들리는 불 속에서 어린 영숙이 일기를 쓰는 모습이 보인다. 잠든 가족 옆에서 열심히 한 글자 한 글자 종이에 꾹꾹 눌러 쓰고 있는 영숙의 모습이. 박사는 살짝 미소지었다. 그 여리면서도 우직한 뒷모습이 누구인지 말하지 않아도 알 것 같았다. 박사는 오래도록 마음먹어 온 것처럼, 열다섯 살의 그녀의 뒷모습에 대고 말했다. 아주 간절하게, 가장 평범한 이름, 하지만 그렇기에 가장 위대한 이름을.

"최영숙 씨!"

## 작가의 말

이 소설은 일기소설이라고 할 수 있겠다. 일기를 바탕으로 만들어진 소설이기에 일기 소설이라고 부르려고 한다. 일기가 소설이 될 수 있다는 새로운 장르를 만들어 보고 싶었다. 이 소설은 강원도 원주 귀래면 용암리라는 농촌 마을에 사는 최영숙 여사의 일기를 바탕으로 엮은 글이다. 우리는 살아가면서 많은 기록을 남기며 살아간다. 그러나 그 기록들을 보관하고 보존하는 일을 게을리 하는 경우가 많다. 귀래에는 소설가가 학장으로 있는 백년독서대학이 있다. 백년독서대학은 월 1회 지역의 어르신들이 모여 외부 강사를 초청하여 강연도 듣고 노래도 부르고 건강체조도 하는 모임이다. 이 모임 참석자

중 최긍수 어르신의 아내 자랑으로 비롯되었다. 나는 호기심이 발동하여 자택을 방문했다. 그리고 그의 아내 최영숙 여사가 써놓은 일기장을 보고 놀랐다. 말이 오십 년이지 오십 년을 넘게 한결같이 기록을 남길 수 있다는 것은 인간 승리인 것이다. 사실 별것 아니라 생각하는 사람도 많다. 그러나 기록이라는 것은 사람이 살아가는 과정인 것이다. 이러한 과정이 역사인 것이다. 역사를 알면 미래를 알 수 있다고 하였다. 컴퓨터가 없던 시절의 일기정보, 물가정보, 생활 정보가 망라된 빅데이터를 만든 것이다. 컴퓨터가 없던 시절에 우리 어른들이 많은 정보를 생산해 내고도 돌아가시면 같이 불살라 버리던 풍속 때문에 묻히고 잊히는 역사적 사실들이 얼마나 많은가. 지금이라도 기록문화를 중시하는 교육이 필요하다. 이 소설은 누군가에 의하여 다큐멘터리로 만들어지고 영화로 만들어지기를 희망한다. 국가기록원의 중요한 역할을 다시금 느끼게 한다. 처음엔 기네스북에 올려야겠다는 생각에서 시작했다. 인터넷을 검색하여 국가기록원을 찾았다. 그리고 원주지역 강범희 선생의 도움에 힘입어 국가기록원 보존이라는 결실이 맺혔다. 더 길게 쓰고 싶었다. 그러나 어르신들에게 누가 될까 조심스럽다. 그리고 나에겐 첫 소설이라는 조심스러움도 있다. 그런 첫 작품에 추천사로 격려해 준 '한국문인협회 이사장'인 이광복 소설가님, 독서의 새로운 장을 열기 위해 봉사로 몸소 보여주는 '열린사회자원봉사' 노태일 상임대표님, 인간성회복운동추진협의회 '사랑의 일기' 고진광 대표님, '책 읽는 나라' 우수 추천도서로 선정해 준 독서 대통령이신 '국민독서문화진흥회' 김을호 회장님, 원주문화재단 관계자, '한국편지가족' 김미애 강원지회장, '귀래면 면장' 신승길 면장님, 편집과 출판으로 도움을 준

'도서출판 코벤트' 강명옥 대표님에게 감사하다.

또 윤문과 교정으로 도움을 준 이성수 소설가님과 이 책을 감수하고 발간에 도움을 준 김시현 님에게, 그리고 이 한 권의 소설을 독자 앞에 선보이기 위해 묵묵히 애써 준 모든 분에게 지면을 빌려 고마움을 거듭 표하고 싶다.

2019년 3월 다둔마을에서

박현식

## 박현식 작가

1964년 강원도 원주시 지정면 월송리에서 출생.

흥업초 육만관중, 원주고, 한국방송통신대 전자계산학과 숭실대 중소기업대학원과 강원대학교 일반 대학원에서 산업공학박사로 최적화 시스템연구와 사회심리치료(조직심리) 연구. 한국 흥업협회 운영.

저서로는 『창업경영』, 『비즈니스 영어회화』, 『인맥특강』, 『당신은 성공할 수 있다』, 『행복동행』 등이 있다.

수필가로 동인지 <토지문학>, <돌아온 소>, <물길따라 이십리>, <귀천2018> 등에 왕성한 작품활동을 하고 있다. 최근에는 귀래면 다둔마을에서 인물도서관을 운영하면서 다양한 강의와 집필활동을 계속하고 있다.

박현식 장편소설
귀래일기(貴來日記)

초판인쇄일    2020년 3월 24일
초판발행일    2020년 3월 27일

지 은 이    박현식
발 행 인    강명옥
편 집 장    김시현
발 행 처    코벤트

주    소    강원도 원주 귀래면 운계다둔길 102-10
이 메 일    phs529@nate.com
출판등록    제419-2020-000004호 (2020년 1월 21일)
전화번호    033-762-6265
I S B N    979-11-97002-80-9 03810

잘못된 책은 바꿔드립니다.
책값은 뒤표지에 있습니다.
저자와의 협의에 의해 인지는 생략합니다.
이 도서의 국립중앙도서관 출판예정도서목록(CIP) 은 서지정보유통지원시스템 홈페이지
(http://seoji.nl.go.kr) 와 국가자료종합목록 구축시스템 (http://kolis-net.nl.go.kr)에서
이용하실 수 있습니다. (CIP제어번호 : CIP2020012722)